セブンスブレイブ 2

チート？NO！もっといいモノさ！

ALPHA LIGHT

乃塚一翔
nozuka issyou

アルファライト文庫

主な登場人物
Main Character

Luna Wolf

戌《イヌ》伏《ブシ》夜《ヤ》行《コウ》

18歳。本編の主人公。
真の力に覚醒《かくせい》し帝都帰還を目指す。

Machinery General

鬼島《キシマ》千影《チカゲ》

18歳。脳味噌筋肉。
いつも豪快《ごうかい》でテンションが高い。

Slayer

伊達《ダテ》雅近《マサチカ》

18歳。夜行の幼馴染《おさななじみ》。
怠惰《たいだ》なイケメン。頭の良さは本物。

Caesar

鳳龍院《ホウロンイン》躑躅《ツツジ》

18歳。人目を引くお嬢様。
本性は真性のサディスト。

Assassin

柳本《ヤナギモト》平助《ヘイスケ》

18歳。エロスに生きる男。
ブレーキの壊れたスケベ魂を持つ。

Samurai

美作《ミマサカ》サクラ

18歳。小柄で巨乳の和風美人。
物静かなBL専門の腐女子《ふじょし》。

Sniper

雪代《ユキシロ》九々《クク》

18歳。クラス委員。
常識的な感性を持った苦労人。

General

テスラ=リッジバック

19歳。帝国4将軍の1人。
雅近の指導役も務める。

Princess

クリュス=ラ・ヴァナ

21歳。『帝国』の第2皇女。
食い意地だけは誰にも負けない。

Ripper

切り裂きジョーンズ

30歳前後。本名不詳《ふしょう》の殺人鬼。
ビセッカの町で殺人を繰り返す。

Masked Fencer

クリスタ

17歳。仮面の凄腕剣士。
盲目的《もうもくてき》なまでの正義信仰者。

──蒼《あお》い月が不気味なほどに美しい、満月前夜の小望月《こもちづき》。

昼間の喧騒《けんそう》が嘘《うそ》のように静まり返っている、帝都近くのとある町。

淡《あわ》く蒼い月光が、静寂《せいじゃく》の街並みを深々《しんしん》と照らす中。

雄叫《おたけ》びとも慟哭《どうこく》ともつかない、そんな声が町の一角にふと、けたたましく響いた。

「ヒャッハハハッヒャハハハハハハハハァァァァッ‼」

「首、首、首、首、くびぃぃイイッ‼　くれ、くれ、くれ、くれ、くれ、くれよおおぉぉぉぉぉぉうッツ‼」

夜闇の舞台を踊るのは、異なる２つの『赤《あか》』と『紅《アカ》』。

幾重《いくえ》にも交わされる無数の剣戟《けんげき》。

その片方が放つのは、獣染《けものじ》みた狂喜。

もう片方が宿すのは、粘《ねば》ついた狂気。

生《い》ける者の本性を露《あら》わにした、余計な物を全て捨て去った人間《ケモノ》。

狂って壊れて、おかしくなった人間《バケモノ》。

互いがどちらかを喰《く》い殺すまで、狂喜も狂気も止むことはない。

互いがどちらかを刈《か》り取るまで、人間《ケモノ》も人間《バケモノ》も止まらない。

だが蒼い月は、全てを等しく優しく照らす。

人も獣も化け物も、なにひとつとして分け隔《へだ》てることはない。

救うことも守ることも害することも決してせず、淡い輝きでもって、ただ黙するままに——照らし続ける。

Ψ

ラ・ヴァナ帝国の帝都近くに位置する町、ビセッカ。

地方から帝都へと向かう者、帝都から地方へと向かう者達の多くが経由する、別名、帝都の玄関口。

日々多くの人間が出入りし賑《にぎ》わうこのビセッカは、規模こそ大きくはないけれど活気ある町だった。

大陸各地の珍しい品物を集め、それを使って帝都でひと儲《もう》けしようと息巻く商人。

都での長い出稼《でかせ》ぎを終え、故郷に胸を張って帰る労働者。

その身ひとつで立身出世を遂《と》げるべく、帝国軍の門を叩かんとする腕自慢の傭兵《ようへい》やダンジョン探索者《ハンター》、軍人志望の若者達。

職種も目的も様々な人間が集まるこのビセッカでは、情報もまた手に入りやすい。

町の雑踏《ざっとう》に耳を傾《かたむ》けているだけでも、それこそ明日の天気から他国の情勢に至るまで、次々と聞こえてくる。

そんなビセッカで今、特に話される噂話は２つ。

ひとつは、数日前より帝国中で、延《ひ》いては人間界全土にわたり人々の関心と注目を集めている魔族との戦争。

魔界と人間界とを隔てる界境《かいきょう》に魔族が集結し、今日にも明日にも攻め入って来るやも知れないと、あちこちで真《まこと》しやかに囁《ささや》かれている。

局地的な小競《こぜ》り合いを別とすれば、魔族と人間が衝突する事態はおよそ7年ぶりだった。

当時の魔族軍5万2千に対し、人間界の諸国が出した兵力は、5国合わせて実に30万。

6倍近い兵力をもってしてなお、戦況は人間側が終始押され、辛《かろ》うじて敵の物資補給経路を断《た》ち、撤退させることに成功した。

死傷者18万にも上った戦いから7年が過ぎ、ようやくその傷跡も少しは癒《い》えようとしていた矢先に起きたこの事態。

警戒態勢に入り、魔族側と同様、界境付近へと兵を集める動きを見せた帝国と周辺諸国に、民の不安は高まっている。

帝国領内各地の人間達が行き交うビセッカでその話題が関心を集めているのも、ある種当然であった。

──そしてもうひとつ。

少し前からこの町の住人を震え上がらせている、1人の殺人鬼。

最初の犠牲者が発見されたのは、2週間前だった。

それを皮切《かわき》りに次々と被害は増え続け、既《すで》に20人以上が殺されている。

犠牲者は老若男女《ろうにゃくなんにょ》を一切問わず、殺され方は決まって同じ。全身をなます切りにされ、首が持ち去られるのだ。

殺された者の中には町の駐在や警備隊も含まれており、危険度は極めて高く、帝都に依頼した討伐隊も、魔族への対策で対応不能となった。

……その殺人鬼を目撃した者達の、震え交じりの証言によれば、それは夜闇の中で、狂ったような高笑いと共に人体を切り裂いていたと言う。

赤い衣服を身に纏《まと》い、手にしたナイフで切り裂いて、切り裂くところがなくなれば、最後に首を奪い去る。

あらん限りの恐怖を込めて、ビセッカの町では殺人鬼をこう呼んだ。

狂い狂った殺人鬼。笑って切り裂く人殺し。

――『切り裂きジョーンズ』。

Ψ

転送魔法陣に弾《はじ》かれ飛ばされるという事故から、はや9日。

Aランクダンジョン『蠱毒《コドク》ノ孔《アナ》』で散々な目に遭《あ》った末、脱出を果たした戌伏夜行《いぬぶしやこう》。

偶然出会ったエルフに連れられた村で装備を整えた夜行は、広大な森で半《なか》ば遭難《そうなん》しながらも、どうにかこうにか『エリア大森林』を抜けた。

その後は何故かちんちくりんの宗教家に懐《なつ》かれ付き纏われ、延々と助け合いの精神と隣人への愛を説《と》かれ、果ては洗脳すらされかけたが何とか振り切ったり。

結婚詐欺《さぎ》に遭った女性が自殺を図っていた現場に遭遇《そうぐう》し、説得のために足止めされたり。

立ち寄った町の宿がまさかの幽霊《ゆうれい》屋敷で、妖刀《ようとう》片手に『ゴーストバスター夜行』伝説の幕開けとなったり。

……とにかく、そんな感じに行く先々で面倒事に巻き込まれた結果。

夜行の脚力なら森を抜け出せば3日で辿り着けただろう帝都への道のりだったが、こうして倍の時間をかけても未だ到着できずにいた。

まさかこれが妖刀の呪いだろうか。いや、そんなワケ無い。

しかしそれでも、ようやく帝都手前の町ビセッカへとこうして足を踏み入れた。

今から走れば明日の朝には念願の帰還《きかん》を果たせるだろうとアタリをつけ、一段落着いた気分の夜行だったが――。

「さあ、覚悟しろ殺人鬼！　遍《あまね》く正義の威光を授《さず》かりし我が必殺の剣にて、その不浄《ふじょう》な心を斬り払ってくれる！」

場所はビセッカの路地裏。

眼前には、剣の切っ先をこちらに向けて高らかな宣言を放つ、仮面をつけた剣士。

後ろには、ついさっき夜行に絡んで恐喝《きょうかつ》しようとしてきたチンピラ3人。

こちらは既に倒れ、意識も無い。

「どうした⁉　数多くの罪無き人を殺《あや》めておきながら、今更命乞《いまさらいのちご》いか！　見苦しいぞ！」

命乞いも何も、今は喋《しゃべ》ってすらいない。

さっきから人の話を全く聞かない仮面の剣士に、夜行は軽く頭痛を覚えながら嘆息《たんそく》した。

「……だから、少し待てって――」

「悪党の言葉に貸す耳など持たん！　あの世で裁《さば》きを受けるがいい‼」

言葉を遮《さえぎ》り、剣士は素早く間合いへと踏み込み、夜行へと剣尖《けんせん》を振り下ろす。

お願いだから話を聞いてくれと内心で呟《つぶや》きつつ、夜行は身体の位置を少しだけずらしそれをかわした。

「くっ！　流石《さすが》は噂の『切り裂きジョーンズ』、多少は腕に覚えがあるようだな！」

「さっきから言ってるが、俺はその切り裂きなんたらじゃ――」

「しかし！　正義を宿した我が剣から逃れることなどできはしない！　民を脅《おびや》かす兇賊《きょうぞく》め、今こそ鉄槌《てっつい》の時だ！」

ホントに聞いて、後生《ごしょう》だから。後生がどんな意味なのか、実はあんまりよく知らないけど。

風を纏うような速さと鋭さで振るわれる太刀筋《たちすじ》を、紙一重《かみひとえ》でかわしながら記憶を遡《さかのぼ》る。

こんなことになってしまった、その経緯《いきさつ》を。

Ψ

――時は、およそ20分ほど前。

道中様々な足止めに引っかかり、多分なタイムロスを食らいながらもビセッカに辿り着いた夜行は、雑踏《ざっとう》の中をぷらぷらと歩いていた。

「随分とまあ、人の多いとこだな……」

大通りを行き交う人はさながら波のようで、ボーッとしていたら5歩おきにぶつかってしまいそうだった。

町の規模に対し、過剰なまでの人口密度。この中の大半が流れの傭兵や行商人、そして帝都へ出稼ぎに向かう労働者に見える。

なるほど、『帝都の玄関口』と呼ばれるのも納得な光景であった。

純粋なこの町の住民は、3割くらいだろうか。

流れ者や旅人の方が多い町なんてのも、中々に珍しいいんじゃないかと夜行は思った。

「むむ」

すれ違った、旅装束《たびしょうぞく》を纏う帯剣した傭兵らしき女性の姿を軽く目で追う。ちょっと好みの容姿だった。

「チィ……時間があればナンパしてたところだが……」

口惜しげに呟くも、生憎《あいにく》と今はその時間が無い。

可能な限り迅速《じんそく》に、夜行は帝都へと戻らなければならないのだから。

道中立ち寄った町や村、そしてこのビセッカでも方々から聞こえてくる噂話。

そのほとんどが、夜行達が異世界の『大陸』へと召喚《しょうかん》された理由である、近々起きると予見される魔族との戦争に関するものだった。

皇女クリュス曰《いわ》く、魔族はここ数年目立った動きを見せず、それによりしばらくの小康《しょうこう》状態が続いていたと言う。

如何《いか》に一兵一兵の質が劣《おと》っていても、人間側は数で圧倒的に勝る。

その上、魔族が領有する大陸北部は人間の住む南部に比べ資源に乏《とぼ》しく、長期にわたり戦争を続けることが難しい。

要するに、物量に欠ける魔族側も、迂闊《うかつ》に人間界へと攻め入ることが出来ないのだ。

更《さら》に言えば、最後に起きた７年前の大規模な戦い——。

数だけ見れば、人間側が一方的に甚大《じんだい》な被害を受けたと言えるような、惨憺《さんたん》たる結果であったらしい。

けれど実際には、魔族軍は母数が少ない分、被害率や損壊率はさほど変わらず、痛み分けの戦《いくさ》だったという。

少なくとも、そう夜行は聞いている。

つまり、前戦争によって人間も魔族も深い傷を負い、双方態勢を立て直すためには纏まった時間が必要だったのだ。

魔族側はその立て直しがついに終わり、再び人間界へと攻め入るべく、兵を界境に集結させている……と。

そして、そんな動きを予《かね》てよりいち早く察知していた帝国が動いた。

魔族軍に気取《けど》られないよう水面下で戦争の準備と、同盟を結ぶ諸国にすら秘匿《ひとく》した切《き》り札《ふだ》の用意を開始。

その切り札こそが、夜行等7人の勇者と言うワケだ。

「……あー。他にも色々聞かされたが、小難しい話なんてさっぱりだ。まあ、その辺はマサとか委員長とかが、全部把握してるだろ」

面と向かって言われれば否定はするけれど、夜行は自分の頭がよろしくないことなど百も承知している。

だから難しいことなど考えても分からないし、たとえ分かったとしても自分では対策なんて思いつかない。

その手のことは、頭のいい友人にでも任せておけばいいと割り切っていた。

だから、夜行が現状で出来るのは『一刻も早く帝都にまで帰還する』ことだった。

戦争の切り札として召喚され、莫大《ばくだい》な報酬《ほうしゅう》と引き換《か》えにそれを引き受けた。

それにも拘《かかわ》らず、原因が事故だろうとなんだろうと、いざ戦いが始まろうとしている時にこんな所でボヤボヤしているなど全くの論外だ。

ただでさえ想定外な事態が重なった所為《せい》で、すっかり遅くなってしまったと言うのに、これ以上のんびりとやってなどいられない。

何せ夜行には、いつ実際に戦いが始まるのかさえ分からないのだから。

まだまだ先の1ヶ月後かも知れない。或《ある》いはすぐそこ、1時間後に開戦するかも知れない。

その前になんとしても帝都まで帰り着き、クリュスの指揮下へと戻らなければ。

そうしなければ——仲間達だけを、戦場に向かわせることになってしまう。

「そいつは流石に……容認、できねぇよなぁ……」

絶対駄目《だめ》だ。

夜行の中にある人としての感性が、友人達だけが死地に飛び込むことを良しとしない。

夜行の中にある獣としての野性が、自分だけ獲物にありつけないことを良しとしない。

方向性は違えども、どちらも本心には違いなかった。

——そして。

その急いでいる筈《はず》の夜行が、何故こうして街中をぷらぷら歩いているのかと言うと。

「…………腹ァ、減ったな」

呟く声に答えるように、腹の虫が鳴り響く。

とどのつまり、そう言うことだった。

「何もねえ野原で一夜明かして、日の出と同時にここまで走ってきたからなぁ……何か食わないと、流石に帝都までは持たないよなぁ……」

ちゃらちゃらとポケットの中に入った小銭を弄《もてあそ》びながら、大通りに並ぶ飲食店を右に左に覗《のぞ》いて行く。

しかし、昼時もピークに差し掛かっている所為か、どこの店も満席状態。

それはもう随分昔に、夜行が一度だけ行ったことのある、某夢《ぼう》の国を彷彿《ほうふつ》させる光景だった。

「どーなってんだよこの町は……！　この際だ、味には多少目を瞑《つむ》るからどっかひとつぐらい空《あ》いてたっていいんじゃないですかね⁉」

若《も》しくは屋台でもいい。もうこうなったら何でもいい、虫以外なら食べるから。

折角《せっかく》道中にあった低ランクダンジョンで鹿みたいな魔物を狩り、そいつの持っていた水晶のような角《つの》を売って、路銀《ろぎん》を手に入れたと言うのに。

肝心《かんじん》の使う店が満席じゃ、話にならない。

出来立ての料理からここまで漂《ただよ》ってくるいい匂いも、自分が食えないのではただ腹立たしいだけだ。

……やはり魔族が動こうとしている、なんて話が広まっているのが大きいんだろうか。

国全体の情勢が不安定となり、その中心である帝都を行き来する人間が普段よりも格段に増えている。

だからその帝都の玄関口であるここビセッカも、騒がしくなってるのか。

幾《いく》らなんでも常日頃からこんなに多くの人間が行き交っているのなら、この町ももっと大きい筈だし。

夜行のそんな考えは概《おおむ》ね正しく、トドメとばかりに時間帯は昼食時。

周囲に確認できる飲食店は悉《ことごと》く満席で、下手すれば待ちの行列が出来ている所もある始末だった。

「……ハァ。こりゃ表通りは駄目だ、裏を回って探すか」

この大陸でただ1人、月面と同じ重力で生きている筈の身体も、今は空腹により重く感じられた。

食事ひとつのために、何故ここまで苦労しなければならないのか。

全くもってやってられないと、夜行は大きく嘆息しながら道を外れ、昼間にも拘らずどこか薄暗い裏通りへと入って行く。

その人気《ひとけ》の無い雰囲気に、果たして飲食店などあるのかとも思ったが、表の大通りはひとしきり見て回ってしまった。

あっちをうろついているよりは確率が高いだろうと判断し、奥へ奥へと進む夜行であった。

Ψ

「……………あぁ？」

入り組んだつくりの裏通りを歩く内、自分が今どの辺に居るのかも曖昧《あいまい》となってきた頃。

前方でたむろしていたガラの悪い3人組に、夜行は道を塞《ふさ》がれた。

「へへへ……」

恐らくはリーダー格であろう中央の男が、鞘《さや》に収めた剣でトントンと肩を叩きながら、顔をにやけさせている。

そんな仕草《しぐさ》といい、服装や容姿といい、まさにチンピラを絵に描いたような存在であった。

「…………」

夜行は目深《まぶか》に被ったフード越しに、その男の顔をしばし眺めた後、そんな感想を内心で呟く。

きっと、チンピラになるためにこの世に生まれたんだろうと、妙な感心を抱いた。

……取り敢《あ》えず、邪魔だ。

夜行は軽く3メートルほど跳躍《ジャンプ》し、男達の頭上を跳び越えた。

「……へ？」

体重の軽さ故に殆《ほとん》ど着地音すら立てず、そこから何事も無かったかのように立ち去ろうとする夜行。

男達は間の抜けた声を出し、少しの間呆《ほう》けていた。

「――って、オイコラ！　何をしれっと行こうとしてやがる！　止まれ！」

我に返ったリーダーらしき男が、鞘をレンガの地面にガンッと叩き付け怒鳴った。

背でそれを受けた夜行は、この上なく億劫《おっくう》そうに溜息《ためいき》を吐き、振り返り様に呟く。

「……うるさいぞ、さっきからピーチクパーチク。黙れ」

「俺まだほとんど喋ってねぇだろ!?」

「「そーだそーだ！」」

男の反論に、声を揃えて同調する取り巻き2人。

首を指先でぽりぽりと掻《か》きながら、空いた手を腰に当てつつ、やや斜《しゃ》に構えて夜行は更に言った。

「……で？　なんの用だ、チンピラＤ」

「３人しか居ないのにＤかよ⁉」

「「やいやいやい、アニキに失礼なこと言うな！　アニキはチンピラＣだ！」」

「３人しか居ないのにＣって、俺の立場はお前達より下かゴルァ‼」

取り巻き２人に、拳骨《げんこつ》を落とすチンピラＣであった。

痛そうにうずくまる取り巻き達。あまりリーダーとしての威厳《いげん》は無いのかも知れない。

彼等のやり取りを見ながら、夜行は「またか……」とばかりに、首を掻いていた手をそのまま顔に当てる。

どうにも『エリア大森林』を抜けてからと言うもの、絡まれたり面倒事に巻き込まれたりする頻度《ひんど》が格段に増している気がしていた。

『小さなことからコツコツと、そんな積み重ねによって幸せが未来へと運ばれるのでち！

愛と助け合いこそが、ご近所の平和を守るのでち！』

森を抜けて最初に立ち寄った町にて出会った、謎の宗教の布教を行う胡散臭《うさんくさ》いミニマム宣教師《せんきょうし》の言葉を思い出す。

思い出したが、この場で特に役に立つはずも無かった。

「ったく、こいつ等は……オウオウオウ！　オウオウオウオウオウ！　オウオウ！　オウオウオウオウオウオウ！　お兄ちゃんよぉ！」

「……なんだよ、呼び過ぎだよ。1回言えば分かるよ」

呆《あき》れつつ返事をする夜行。

「この辺の道を通りたきゃあ、俺様に通行料を払ってくれねぇとなぁ。へっへっへっへっへ」

これは何とも、面倒臭い手合いだ。

走って逃げてもいいが、こっちは飯屋を探している身。追いかけられたら、探せるものも探せない。

ならば、ここはひとつ穏便《おんびん》に済まそうと、夜行は思った。

「許せチンピラ、文無《もんな》しだ」

ちゃらちゃら、ちゃらちゃら。

「ポケットの中に手ぇ突っ込んで、これ見よがしにコインの音させながら抜かす言葉か、それが!?　嘘吐《うそつ》くならもうちょっと上手くやれや!!」

「「そーだそーだ！　そんなんで騙《だま》せるのはアニキくらいなもんだ！」」

「俺も騙されてねぇよ、このたわけども‼」

割れ鐘のような怒声が響き、そして再び取り巻きに拳骨が落とされる。

しかしあの取り巻き2人、どうしてさっきから一言一句、タイミングを違《たが》わずに同じことを言えるのだろうか。

打ち合わせでもしているのか。だとしたら、チンピラよりも芸人になった方が余程身を立てられると思う。

……とにかく、『文無しだ、許せ』作戦は失敗してしまった。

こうなったら仕方が無いので、連中の言う通行料を払ってしまおう。

金でどうにかなる問題は、金で解決するのが一番手っ取り早くて後腐《あとくさ》れがないと、姫さんも寝言でこの前言ってたし。

「分かった分かった……騙そうとして悪かったよ」

やれやれと肩を竦《すく》めながら、夜行はポケットから銀貨を1枚抜き出し、それを指で弾いて飛ばす。

飛ばされたコインは綺麗《きれい》な弧《こ》を描いた後、丁度剣を持った男の足元に落ちた。

「さあ拾え。足が短く頭でっかちで、髪が薄いくせに鼻毛は出ている貧乏人《びんほうにん》」

「俺様を舐《な》めてんのかてめえはァッ⁉　会ったばっかりの奴にこうも扱《こ》き下ろされたのな

んざ、生まれて初めてだよ‼」

「「金だ金だー！」」

「お、お前達には人としてのプライドってもんがねぇのかぁぁぁぁッ！！！」

３度目の拳骨。最早《もはや》取り巻きの２人は、３つ積み重なったたんこぶにより、１分前と比較して身長が10センチほども高くなっていた。

そして、空腹で気が立っていたために思わず余計なことを言ってしまった夜行。

全て真実とは言え、やってしまったと少しばかり後悔する。

「ホントに悪い。気が立つと正直になるんだ、俺」

これも真実である。

「ッ――もう許さねぇ……有り金も持ち物も、何もかも全部毟《むし》り取ってやる‼」

怒りで顔を真っ赤にした男が、手にしていた剣をその辺に放り投げた。

そして、懐《ふところ》から拳銃《けんじゅう》を取り出す。

「……へぇ、ピストル型の魔銃か。ライフル型とランチャー型のは宮殿で見たことあるが、そいつは初めてだな……てか、剣を持ってた意味は？」

「「で、出たぜ！　元下っ端帝国軍人にして、帝都主催の射撃大会で参加賞を勝ち取った腕前を持つ、アニキのとっておきが！」」

とっておきなのに最初から出すのかよ。んで剣使えよ、持ってるなら。

しかも、下っ端って。参加賞とか、勝ち取るも何も大会に出ればもらえるじゃん。

果たして自慢になるのか、それ。得意げな顔してるけど、間違ってるの俺の方か？

「へっへっへっへっへ……こいつで全身をぶち抜いてやる！　なぁに、心配すんな……命とパンツだけは許してやらぁ！」

「「さっすがアニキだー！　丸腰の相手に銃を向ける、汚《きたな》い！　流石アニキ、やることがゴミ虫レベルだぜー！」」

「うるっせえんだよお前達はぁぁぁぁッ！！！！」

取り巻き達の、度重《たびかさ》なる神経を逆撫《さかな》でするような発言によりとうとうブチ切れ、男が2人へと発砲した。

とは言え、弾の色は紫だったから、恐らくは殺傷性《さっしょうせい》の無い『衝撃弾《ショックバレット》』なのだろうけれど。

「「ぎゃぁぁぁぁッ！！？」」

撃たれた衝撃で吹っ飛び、目を回して気絶する取り巻き達。

……しかし、自分で3対1から1対1の状況に変えてしまっているが、余程腕前に自信があるのだろうか。

下っ端で参加賞のくせに。

「さあ、てめえもオネンネしなぁ！　よく見りゃ高価《たか》そうな服着てんじゃねーか、久々の旨《うま》い獲物だぜぇッ‼」

言い終えるかどうかのタイミングで、ダダダンッと、夜行に向けられた銃口から、ほぼ間を置かずに紫色の弾丸が３発放たれる。

――ただ撃っただけではない。男が使ったのは、射撃系技《ショットアーツ》『クイックファイア』だった。

一度引き金を引いただけで、複数の弾丸を飛ばすことが出来る、射撃《ショット》マスタリーにより習得可能な技《アーツ》である。

それを見た瞬間、元帝国軍人とは言え、下っ端だった男が高価な魔銃などを持っていた理由が、夜行の中でハッキリした。

彼の生まれ持ったクラスが、数ある『マスタリー系』技能《スキル》の中でもそこそこ珍しい、『銃』に関連するものだったからだろう。委員長――雪代九々《ゆきしろくく》と同じである。

だとすれば、湯水の如《ごと》く使おうとも尽きることのない財で満たされた帝国なら、下っ端にも銃を渡して何ら不思議はない。

「…………」

３発の弾丸は、全て夜行の顔面へと飛来する。

高価だと見立てた、実際に高価であるエルフ謹製《きんせい》の衣服を傷つけないようにするためか。

取り敢えず、全弾を狙った場所に撃てる程度の腕前は、備えているらしい。

彼我《ひが》の距離は7メートル前後。弾が到達するまでの時間は、コンマ1秒にさえ満たない。

だから本来、避《さ》けることなど不可能。

しかし夜行は軽々と——顔を横に逸《そ》らして、避けた。

「危ねーなぁ、いきなり撃つとか。防御《VIT》も魔力抵抗《RES》も致命的《ちめいてき》に低い俺にゃ、魔法と物理を両方備えた魔銃は当たると痛いんだぞ」

「——な……なんッ……で……!?」

眼前で起きたのは、あまりに刹那《せつな》の出来事だった。

まるで弾が夜行の顔をすり抜けたかのように見えたチンピラは、目を見開き驚愕《きょうがく》を露わにした。

「て、めえ……どうして、どうやって銃弾をッ!?」

「いやいや、幾ら俺でも素の身体能力で銃弾なんか避けられねぇよ。かわせたのは弾道が分かったから。お前、狙いつけてから引き金引くまでが遅過ぎ」

これでもし、撃った相手が九々でこの距離なら、夜行は恐らく2発はかわせたけれど、1発避けきれずに喰らっていただろう。

そして身体の軽さゆえの吹っ飛ばされ率《ノックバック》の高さで体勢を崩し、そのまま連射されてお陀《だ》仏《ぶつ》である。

まあ、避ける以外の選択肢も使っていいのなら、相棒《あいぼう》の脇差《わきざし》『娼啜《よねすすり》』で弾を斬るって手もあったけれど。

しかし下手にこれで戦うと切れ味が良過ぎて、今の夜行では手加減が出来ない。

一方、とにかく体重が規格外に軽い所為で、峰《みね》打《う》ちしようとしても、首など急所を狙わなければ効果も薄い。

となると――。

「バ……バケモノ……ッ‼」

「おいおい、化け物とは幾らなんでも酷《ひど》いぞ。頭の1文字余計だよ」

お世辞《せじ》にも銃使い《ガンナー》との相性は良くない夜行であるが、相手が3流以下なら何の問題も無い。

一方、男は浮かべていた驚愕の表情を恐怖へと変え、震えながらも再び引き金を引こうとした。

「――俺は獣《ケモノ》だ。口には気ぃ付けろ、チンピラ野郎」

それよりも疾《はや》く、さながら消えるかのような速さで懐まで踏み入った夜行。

コートの中から引き抜いた『娼啜』の柄頭《つかがしら》で、男の鳩尾《みぞおち》を強《した》かに打ち据《す》える。

「ぐ、ぶッ……!?」

肉体の中心から、電撃のように全身へと行き届いた激痛と衝撃により、男はぷつりと意識を断たれるのだった。

「……しっかしなー。俺、巻き込まれ体質とかじゃない筈なんだけどなー」

バサリとコートの裾《すそ》を押し退けるようにして翻《ひるがえ》し、夜行は後ろ腰に差した鞘へと『娼啜』を収める。

ふと辺りを見回せば、気絶し倒れたチンピラが３人。

その内２人は、夜行が倒したワケではない。

「さーて、また変なことになる前に、ちゃっちゃか消えるとします――」

「そこまでだッ‼」

立ち去ろうとした夜行の呟きをかき消し、大きく張り上げられた声が鐘のように響き渡る。

凄《すさ》まじく嫌な予感を抱きながら、声のした方向……上を見遣《みや》ると――。

「銃声が聞こえたと思い駆けつけてみれば、戦闘の跡！　そしてその場に立つ、怪しい人影！」

「………………」

……他のどんな奴にそう言われようと、お前にだけは言われたくはない。

そんな喉《のど》まで出掛かった言葉を押さえながら、夜行は建物の屋根に立つ人物を見上げた。

「これをどう見るべきか！　考えるまでもなく、善良な市民を傷つける悪人の所業《しょぎょう》に他ならない！」

……何で屋根の上に立ってるのかは、この際どうでもいい。

軽鎧《ライトアーマー》の上からマントを羽織っているファッションセンスについても、まあ置いておく。

そのマントが、風も吹いてないのにバタバタなびいてるのだって、かなり気になるけど二の次だ。

「はっ！」

短い掛け声と共に、屋根から飛び降りる乱入者。

倒れたチンピラ達を背に立つ夜行の正面へと着地すると、勢いよく夜行を指差した。

「身に纏う紅い衣、隠せども隠し切れずに立ち上る禍々《まがまが》しき気配！　貴様の正体、わたしにはお見通しだ！」

長めのウルフカットにされた鮮《あざ》やかな水色の髪を、これまた風も無いのに大きく揺らし、

目元をベネチアンマスクで覆《おお》ったこの上なく怪しい人物は、腰に携《たずさ》えた剣を抜き放ち中段に構える。

「ついに見付けたぞ！　『切り裂きジョーンズ』‼」

そして、ジト目を向けている夜行に対し、高らかにそう叫ぶのであった。

Ψ

（どうしてこう、めんどくさいのに絡まれるんだ……）

記憶の回想を終えた夜行は、最近すっかり回数の増えてしまった溜息をまたひとつ重ねる。

それと同時に、首狙いで横薙《よこな》ぎに払われた切っ先を、ギリギリ当たらない程度の軽いスウェーバックでかわした。

「さっきからちょこまかと……避《よ》けるな！」

手を止めることなく猛攻《もうこう》を続けてくる仮面の剣士の言葉に、無茶言うな、と小さく呟く夜行。

何せ、避けなければ死んでしまう。柔《やわ》なナイフ程度なら刺さらずに折れる、肌が鉄かと思うほど防御の堅《かた》い千影《ちかげ》とは違うのだから。

――そう。実際、夜行の防御力は物理魔法を問わず、勇者7人の中では最も低い。千影以外の全員が、防御特化のステータスではないにも拘らず、だ。

加えて言うなら、生命力を示すHP数値も、躑躅《つつじ》の次に低い6番目。

オマケにクラス技能《スキル》『ムーンウォーカー』により、AGI値が3倍に引き上がった代償《だいしょう》として、ノックバック率は更に倍ドンの実に6倍。

重い攻撃であれば、夜行は掠《かす》っただけでも簡単に体勢を崩されてしまうのである。

「防御は低い、HPも無い、下手すりゃ掠っただけで命取り。だから避けてかわして斬り伏せる、それが俺のやり方だ。実にシンプル、何か文句あるか？」

「あるッ‼」

まさかの即答ですか。

斬撃をかわすついでにバックステップで間合いを取った夜行に、剣士が切っ先を向け吼《ほ》えた。

「避け、かわし、斬り伏せる？　だったら何故武器を抜かない⁉　得物《えもの》のナイフは懐にでも忍ばせているのだろう、ジョーンズ‼」

「……だから、誰だよジョーンズって……」

言われた通り、夜行は剣士と相対するにあたり、『娼啜』を抜いていなかった。

その理由は単純にして明白。夜行に戦う意思が無いからである。

と言うか、当然だった。向こうは誰か別の者と勘違《かんちが》いしているだけで、別に夜行自身を狙っているワケではない。

こうやって攻撃をかわしながら誤解を解くか、それが無理と判断したら、いっそ逃げてしまえばいい。

600超えのＡＧＩ値を駆使して逃走すれば、夜行に追い縋《すが》ることなど、少なくとも人間には不可能なのだから。

「…………」

それに――技能《スキル》『ビーストアッパー』が持つ副次効果により、夜行はハッキリと感じ取っていた。

この剣士、格好はツッコミどころ満載だが……凄く強い。

戦う意思を示せば、間違いなく夜行は自分自身に歯止めが利《き》かなくなってしまう。

『娼啜』を抜いてしまえば、殺さないようにするのは至難《しなん》を極めるだろう。

クラス『月狼《ルナ・ウルフ》』に内包される獣の野性、触れるものを全て構わず斬ってしまう『娼啜』の性質。

言うまでもなく、どちらも加減は困難。そもそも戦いよりも、完全に殺し合いへ傾倒《けいとう》している。

つまり、もし戦えば軽い怪我《けが》では済まないどころか、下手をすれば殺してしまう。

さっきのチンピラのような、刀を抜かずに気絶させられるほど、簡単な相手でもない。

――とは言え、いつまでもこうやって攻撃をかわし続けるのもきつい。

「やれやれ……」

飛車角落ちで将棋《しょうぎ》をしている気分になりながら、夜行はどうしたものかと考えを巡らせた。

とにかく、ワケの分からない誤解の末に刃傷沙汰《にんじょうざた》を起こすなんてのは論外。故に戦うのは当然却下《きゃっか》。

誤解を解くにしたって、さっきからこの剣士は人の話を全く聞こうとしない。よって、交渉も説得も不可能。

そうなると……残る選択肢は、夜行の思いつく限りだとあとひとつ。

古来より培《つちか》われてきた兵法の中で、あらゆる局面において効果的な一手。

その名も、『コマンド：にげる』であった。別名、三十六計逃げるに如《し》かず。

「よし、退さ――」

「させるかぁッ‼」

夜行は逃げ出した！　しかし、回り込まれてしまった！

手近な建物の屋根にでも飛び移るべく、夜行が足を踏み込もうとした瞬間。

ジャストタイミングで放たれた、仮面の剣士の叩き付けるような振り下ろしに阻《はば》まれ、かわすために無理な体勢からサイドステップを取る。

「卑劣《ひれつ》な悪党の考えそうなことなど、大体お見通しだ！　わたしから逃げられると思うなよ！」

「ッチィ……！」

舌打ち、次いで歯を軋《きし》ませる夜行。

辺りの飛び移ることができそうな足場はどれもそれなりの高さがあり、如何《いか》に夜行の跳躍力と言えど、少々の踏み込みが必要だった。

そして相手はその踏み込む瞬間をキッチリと狙って攻撃してきた。

イロモノ染みた外見のくせに、何とも抜け目ない。目は仮面で見えないけれど。

……この分では明確な隙を作らせない限り、逃げるのは難しいだろう。

他にも技《アーツ》を使うなり、スピードでごり押しするなりすれば、何とかなるかも知れなかったが、その場合、低確率だが攻撃を食らってしまう恐れがある。

そんな、わざわざ自分で痛い目に遭う可能性を作るなんてのも、馬鹿馬鹿しい話だ。

何せ一瞬だけでも隙が出来れば、確実に無傷で逃げ切る自信はあるのだから。

（とは言っても、武器も使えないんじゃその隙を作るのが……ん？）

悩んでいる内、夜行が剣尖をかわした先に落ちていた物が、カツンとブーツの踵《かかと》にぶつかった。

「……こいつは」

何かと思いちらと視線を下ろせば、そこにはチンピラのリーダー格が持っていた剣。

使われないまま放り投げられたそれが、ちょうど夜行の足元に転がっていたのだ。

――今の状況じゃ、使いどころの難しい妖刀よりは、まだ都合がいいか。

油断なくこちらを見据えている剣士と視線をかち合わせたまま、夜行はその剣を足で蹴り上げる。

宙に浮いた剣の柄を握り、鞘だけを空中に残すようにして引き抜いた。

「なるほど、それが貴様の得物だったか。言えば拾う時間ぐらいはくれてやったものを！」

「どーでもいい親切、ありがとよ」

カランと地面に落ちる鞘の音を聞きながら剣身に目を遣り、少しばかり、夜行は眉間《みけん》に皺《しわ》を寄せる。

あんなお笑い集団みたいなチンピラの持っていた剣だ。確かに、期待などこれっぽっちもしていなかったけれど。

抜き放たれたチンピラの剣は、想像していた以上に酷い、とんだナマクラであった。

ちょっと握っただけでも分かるほど重心は滅茶苦茶、手入れも碌《ろく》にされてないのか刃毀《はこぼ》れだらけ。そもそも、その刃が歪《ゆが》んでいる。

やっつけ仕事の数打《かずう》ちにも程がある品だった。恐らく、武器屋でタダ同然に売られていたのを購入したのだろう。

＝＝＝＝＝＝＝＝＝＝＝＝＝＝＝＝＝＝＝＝
銘《めい》：ブレイズ・インフェルノ・バーナー
分類：片手剣《ショートソード》
等級：雑級《ダスト》
状態：粗悪《そあく》
詳細：鍛冶師《かじし》見習いバーズ・シュミエルが練習で作った剣。辛うじて武器として使える。
＝＝＝＝＝＝＝＝＝＝＝＝＝＝＝＝＝＝＝＝

「…………」

……突っ込まない、俺は突っ込まないぞ。

個人技能《スキル》『刀剣目利《めき》き』で確認した剣のステータスに、内心でそう繰り返す夜行。

きっと初めて鍛《う》った作品とかで、テンション任せにやたら凝《こ》った名前を付けたのだ。

よくよく見たら、剣身に思いっきり銘と製作者の名前が刻《きざ》んであるし。

もしこの剣を鍛《う》った職人が後々大成したら、きっと死に物狂いでこれを探して破壊することは疑いようがない。

異世界にも黒歴史ってあるんだなぁと、しみじみ思った瞬間だった。

「はあぁッ‼」

「ッ！」

一気に間合いを詰めてきた剣士の斬撃を、チンピラの剣……もとい、『ブレイズ・インフェルノ・バーナー』で迎え撃つ。

しかし、それだけでもやはり衝撃で、身体を持って行かれてしまう。

双方の剣が弾かれると同時に、夜行は靴底をレンガの地面で削りながら、1メートル近く後退させられた。

「チッ……！」

「まだまだぁッ‼」

間髪《かんはつ》を容《い》れず、そのまま追撃を仕掛けてくる剣士の連撃を、今度は受け止めず、先程と同様にかわして行く。

4連、5連、6連。素早く鋭い剣撃の合間を縫《ぬ》うように動き、かわし続ける。

延《の》べ9つ目の振り下ろしが地面にぶつかり、その切っ先に触れたレンガが激しく音を立てて砕かれた瞬間。

「――シッ！」

夜行は剣士の肩口に向け、袈裟懸《けさが》けに『ブレイズ・インフェルノ・バーナー』を振るった。

けれど返す刀によってその一撃は防がれ、互いに剣を押し合う鍔迫《つばぜ》り合いへと移る。

「ッ……」

「どうした、そんなものか！」

ここでもまた、夜行の軽過ぎる体重が災いした。

2人の膂力《りょりょく》自体にもそれなりに大きな差がある。更に加えて圧倒的な体重差によって、夜行は踏ん張りが利かず、徐々に後ろへ押されているのだ。

何とか側面からの力押しで再び剣を弾き、さながら襟首《えりくび》を引っ張られたかのように大きく飛び退《しさ》って、素早く構えを取り直した。

この鬱陶《うっとう》しい状況を打破《だは》するにはどうすべきかと、普段あまり使わない頭で案を練《ね》る。

……あまり長引かせると、非常に不味《まず》い。

相手の、仮面の剣士が持つ剣は見るからに業物《わざもの》であった。

流石に戦闘中では銘や等級までは分からないが、レンガを砕くほどの勢いで叩き付けても、切っ先には歪みも刃毀れも見当たらない。

そして持ち主もかなりの手練《てだ》れ。格好こそふざけているけれど、ややもすれば帝国将軍クラスの実力者。

比べてこっちは、手札の過半数は使えず、武器は3流以下の粗悪な剣。

長引くと不味い理由のひとつとして、このナマクラが問題だった。

直接相手と打ち合ったのは2度だけだと言うのに、既にこの剣の限界が近いのだ。

鍔迫り合いから弾く時、剣身に亀裂《きれつ》が入った。もう一度強くぶつけたら、間違いなく折れる。

そうなれば隙を作ることは難しくなり、逃げるためには少しだけ危ない橋を渡る羽目《はめ》となってしまう。

更に、何より。

(ヤベェ……ちょっと、楽しくなってきたぁ……)

手練れとの攻防で、夜行自身に戦意が湧き始めていた。

ダラダラと続けていたら、直《じき》に我慢が利かなくなり『娼啜』を抜いてしまいそうなくらいに。

コートに隠した後ろ腰の妖刀を抜けば、そこからはもうほぼ殺し合い。

無論のこと殺さないよう配慮はするが、『ビーストアッパー』でテンションが上がると性格まで凶暴化してタガが外れてしまうのだ。

殺さないようにしても、弾みで腕の1本は斬り落としてしまうかも知れなかった。

そうなる前に早いところ逃げなければ。帝都へと戻る前に犯罪者となるのは御免《ごめん》だ。

大手を振って宮殿に帰るためにも、この場はなんとしても逃げ延びる必要がある。

しかし手持ちの武器は、折れかけのナマクラ。こんな物で、どうやって……。

「……！」

いや……ある。

得物が折れかけだからこそ、使えそうな手が。

「…………」

思いついたからには、即実行に移さなければ。

何せこの手、自分が攻め手じゃないと意味無いし。

どうせこれ以上考えたところで、雅近《まさちか》じゃないんだから妙案《みょうあん》など出てこない。

決めるや否《いな》や、夜行はだらりと背筋を曲げ、猫背のような前傾姿勢を取る。

そして今まで順手で振るっていた剣を逆手《さかて》に持ち替え、大きく振りかぶった。

「……中々やり手じゃないか、仮面の。その力量に敬意を払い、ここはひとつ、俺の奥義《おうぎ》をご覧に入れよう」

「奥義、だと？　……面白い！　悪の刃は正義の前に砕け散ること、教えてやる！」

中段に構え、こちらを迎え撃つつもりらしい変てこ剣士。

やる気に満ちているところ悪いけれど、今言った奥義云々《うんぬん》は当然ながらハッタリである。

まあ、取り敢えずこれでお膳立ては整った。

口の端にこっそり笑《え》みを浮かべた夜行は地面を力強く蹴り、数メートルあった相手との距離を瞬時に詰める。

「ハアァァッ‼」

そして、間合いを一気にゼロとした突進の勢いをそのままに、渾身《こんしん》の力で横薙ぎに剣を振り払った。

が、そんなフェイントも何も無い単純な太刀筋など、仮面の剣士は簡単に受け止める。

――それと同時に、夜行の持つ剣が、『ブレイズ・インフェルノ・バーナー』が、衝撃に耐え切れず無惨《むざん》に砕けた。

「なッ……⁉」

相手の武器とは言え、数合も打ち合っていない剣がいきなり砕けたことに驚きを見せる仮面の剣士。

当然その驚愕は埋めようのない隙となり、それを待ち望んでいた夜行が見逃す筈もなかった。

「ふっ！」

砕けて殆ど柄だけとなった用済みの剣を捨て、勢いのついた己の身体を大きく跳躍させる。

そして皮肉にも、先程仮面の剣士が居た建物の屋根へと飛び乗り、その時とは逆の構図で見下ろした。

「――はっ⁉　き、貴様！　何が奥義だ！　こら、降りて来い！」

「断る。俺は腹が減ってるし時間もない。てめえと遊んでる暇なんて無いんだ、それじゃ」

喚《わめ》く剣士を無視し、走り去る夜行。

その背に向け、中々に不吉な言葉が放たれる。

「わたしは……わたしは、貴様を絶対に逃がさないからなぁッ‼　たとえ地の果てまでも追い続けてやる、首を洗って待っていろぉッ‼」

どうやら夜行の不運は、まだ終わりと言うには少しばかり早いようであった。

Ψ

さて、人生と言う名の道には数多《あまた》の苦難が隠されており、易々《やすやす》とまっすぐには進めないものである。痛みや苦しみこそが、人間を強く大きく成長させ、磨《みが》いていくのだ。

「見付けたぞッ！」

「げ」

けどだからって、幾らなんでもこれは無い。

裏路地中を走り回った末、やっと探し当てた空《す》いている店であまり美味しくない蕎麦《そば》を啜《すす》っていたら、早くも仮面の剣士に見付かった。

なんて勘《かん》のいい奴なんだ。

「さあ、町を騒がし市民を混沌《こんとん》と恐怖の坩堝《るつぼ》に落とす悪鬼外道《あっきげどう》め！　剣の裁きを受けるがいい！」

「って……おいおいおい、こんな所で……」

腰の剣に手を掛け、今にも抜き放とうとしている剣士。

だがしかし、ここで暴れられるのは流石に不味い。

確かに表通りにある店と比べ、不自然なほど空いている店ではあったが、それでも店内を見回せば数人の客が居る。

全く無関係の人間に万が一でも怪我などさせたら、後々面倒だ。繰り返すようだが、帝都へと辿り着く前に犯罪者となってしまいかねない。

……蕎麦はまだかなり残っていたけれど、仕方ない。

夜行は掛けていた椅子を引いて、裏口から逃げ出す算段を整え始める。

しかし、次に剣士の放った言葉は、そんな予想に反するものであった。

「――が、店の中で剣を抜いては駄目だな、うん。それに食事処《どころ》は善人も悪党も無い不可侵領域であると、偉大《いだい》なる姉上も言っていた」

「……いや、どんな理屈だよそれ……」

思わず突っ込んでしまったが、まあともかく、店内で戦闘に入るつもりは無いらしい。

これ以上面倒事になるのなんて御免だった夜行は、少しだけ安堵《あんど》した。

そして何やら勝手に自己完結してうんうんと頷く剣士を尻目に、今の内に逃げてしまうかなどと考えていたら――。

「思えばわたしも昼食はまだだったな！　店主、カレー月見うどんを特盛りで頼むぞ！」

テーブル席に掛けていた夜行の正面に、さも当然のように座ったかと思えば、仮面の剣士は高らかに、カウンターの向こうで新聞を読んでいたやる気の無さそうな店主に注文を告げた。

「うぇーっす」

「ちょっと待て！　なに目の前で注文してやがんだ⁉」

喉が渇《かわ》いていたのか、のろのろと出されたお冷《ひ》やを一気に飲み干《ほ》すと、剣士は思い出した風に付け加えた。

「そうだ、天ぷらも載せてくれ」

「あぃーっす」

「聞いてよぉ、人の話をさぁ！」

ダンッとテーブルを震える拳で叩き、嘆願《たんがん》するように夜行は叫ぶ。

そんな夜行の顔に、お冷やの2杯目を要求していた剣士が、勢いよく指を突きつけた。

「どこに座ろうとわたしの勝手だ！」

「そうだよ！　そうだけど！　……そうじゃなくて……ッ！」

仮にも真剣で斬り合った相手と、どうして躊躇《ちゅうちょ》無く相席できるのか。

別に一太刀も食らわなかったし、騒ぎにもならなかったけど……けど！

自分が言いたいことを全く理解しようとしないその様子に、いっそ泣きたくなる夜行。

まさか話をまともに聞いてもらえないことが、ここまで辛かったとは。

無視が立派な虐《いじ》めであると、そう認識を新たにした瞬間であった。

「それに言った筈だ、食事中に善も悪も無いと。どちらもまず腹を満たしてからだと、偉大なる姉上は言っていた」

「お、おぉ……頭痛がぁ……！」

駄目だ、考えが完全に異なっている。

お互いに噛《か》み合ってないどころか、こちらが歯車細工を用いているのに対し、向こうは電子回路を使っているみたいな。さながら、宇宙人とでも会話している気分だった。

やり切れない思いが頭痛となって、ズキズキと痛みを訴えてくる。

対する剣士は、静かに水を飲みながら注文の品が来るのを待っていた。

……どうやら食事中は誰もが戦闘を止めるものだと、心の底から信じきっているらしい。

一体、どんな教育を受けて育ったのか。

親の顔が見てみたい。いや、姉がどうこうと言っていたから、教育したのは主《おも》にこれの姉か。

姉の顔が見てみたい。

唐突過ぎる事態にまるで思考の追いつかない夜行であったが、ふと思う。

（……ん？　待てよ、これは……）

対面に座る仮面の剣士。

静かな店内。

この状況はもしや、誤解を解く絶好の機会なのでは……と。

元々夜行が襲われた理由は、『切り裂きジョーンズ』とか言う別人に間違われたから。

ただそれだけだ。

よほど似ているのかどうかは知らないが、勘違いは勘違い。

今ここでそれを正せば、何ひとつ禍根《かこん》を残すことなく町を出られるではないか。

そう考えた夜行は、ごりごり氷を齧《かじ》っていた剣士に話しかける。

「……なあ、聞いて欲しいんだが――」

「ふぁふほうとふぁなふこほばなどふぁい！」

「………………」

訳すと、「悪党と話す言葉などない！」だろう。なんと言うか、取り付く島もなかった。

食事中は善も悪も無いんじゃなかったのか。そんな風に内心で毒づきながらも、当たり障《さわ》りない所から切り崩して行こうと、リトライする。

「俺は、夜行って言うんだが……あんた、名前は？」

「んぐっ……わたしの名だと⁉」

氷を飲み込み、声高《こわだか》に叫ぶ剣士。

その反応に首を傾《かし》げていると、剣士は大きく音を立てて席を立った。

「わたしは、弱き民を虐《しいた》げる貴様のような兇賊《きょうぞく》に裁きを下す、正義の代行者！　またの名を帝国第3……んんッ！　もとい、仮面の剣士クリスタ！　悪に名乗る名など、持ち合わせていない！」

「…………」

バッチリ名乗ってるじゃん。お約束をどうもありがとう。

そして仮面の剣士って、正義の代行者って。それ、自分で言っちゃうんだ。

わざわざ立ち上がり、ポーズまで決めて名乗りを上げた剣士、クリスタ。

何やらどこかで聞いたことのある気がする名前だったが、記憶を掘り返しても該当する人物に心当たりはない。

多分気のせいだと思い、考えるのを止めた夜行は軽く息を吐いて、話を進めることにした。

「……なあ、素晴らしき正義の剣士さんよ。少しだけでいいから、俺の話を聞いてくれない？」

「はははは！　悪党のくせに分かってるな！　良かろう、食事と勘定《かんじょう》を終えて店を出るまでは話を聞いてやる！」

ちょろい。正義の剣士ちょろい。悪党と話す言葉は無いと言い切った、30秒前の宣言はどうしたのか。

ほぼ生まれて初めて遭遇するタイプの人間だったから、扱いは完全に手探りだったが、この路線で攻めて行けば、案外楽に誤解を解けるかも知れないと夜行は思った。

「まず第一に、俺はあんたの言う『切り裂きジョーンズ』じゃない」

「嘘だッ‼」

なんなのコイツ。すっごくやり辛い。

「……そもそも、あんた何で俺をそのジョーンズとやらだと思ったんだ？」

「服が赤い。ジョーンズは赤い衣を身に纏っていると聞いた。それに、倒れていた善良なる市民から取った証言ともバッチリ合っている」

そのあんまりな返答に、思わず絶句する夜行。

……まさかたったそれだけのことで、剣を向けられたのだろうか。

この剣士、もしかして赤い服を着た奴を見付けては片っ端から襲っているのでは。

そして騙《だま》されている。あのチンピラ連中、俺に倒された腹いせに、きっとこいつにあること無いこと吹き込みやがった。

何よりまず、あいつらが善良な市民ってツラか。

だが、目を点にした夜行へと、クリスタは更に言葉を続けた。

「白々《しらじら》しいぞ。それだけの禍々《まがまが》しい気を内に秘めておきながら、まさか自分が善良な一般市民だとでも抜かすか？」

「……禍々しい、気？」

そう言えば、最初に口上《こうじょう》を並べ立てた時もそんなことを言っていた。

一体何の話かと、夜行は怪訝《けげん》そうに首を傾げる。

「わたしは、他人より少しだけ気配や魔力に目が利く。力強きもの、禍々しいもの、清廉《せいれん》なもの、腐《くさ》り果てたもの。それらを見分け、悪を探り当てている」

「よく分からん……」

「貴様からは酷く穢《けが》れた怨嗟《えんさ》の念と、獣のような凶暴性と残虐性が滲《にじ》み出ている。そこらで悪名を轟《とどろ》かせた程度の野盗などより、遥《はる》かに強く」

「…………」

あながち間違ってもいないその言葉に、閉口するしかなかった。

怨嗟の念とは、恐らく『娼啜』の放つ妖気《ようき》のこと。刀を鍛《う》つための犠牲となった女達の苦痛と怨念《おんねん》が、この脇差には染み付いている。

これに関しては『娼啜』を見せれば納得してもらえるかも知れない。

けれどもうひとつ、凶暴性と残虐性については言い訳のしようが無かった。

何故ならどちらも、クラスにより与えられた力の影響とは言え、紛れも無く夜行自身に宿っている気質なのだから。

「わたしの目が間違ったことなど今まで一度もない。か弱き市民を嬲《なぶ》り者にする最低の殺人鬼め。これ以上無辜《むこ》の民の血を、残される家族の涙を、流させなどしないぞ！」

よって貴様は、怒りを向けることしか出来ない市民に代わり、わたしが断罪する。ちょうど出てきた料理を前に割り箸を取りながら、クリスタはまっすぐそう宣言した。

――絵面は締まらないが、その声音には固い決意が感じられて、この分では誤解を解くのは無理そうだと、夜行は大きく嘆息した。

向こうは夜行を『切り裂きジョーンズ』だと確信している。

その当事者である夜行が何を言ったところで、恐らくまともに取り合わず、判断を変えることは無いだろう。

それに、夜行はこのクリスタの言い分が、全くの的外れとも思えなかった。

勇者として与えられた力、獣の如《ごと》き野性。

未だ人を殺したことは無いが、1歩踏み外せば、容易にクリスタの言う殺人鬼の道へ堕《お》ちても不思議ではない。

武器を振るい、敵を斬ることへの高揚《こうよう》。

噴《ふ》き出す血飛沫《ちしぶき》を見れば、湧いてくるのは嫌悪でなく興奮。

他ならない自分自身のことだ。十二分に、自覚はしている。

だから、クリスタの言い分は寧《むし》ろ的を射ている部分さえあった。

故にこれ以上、夜行は言葉が見付からなくなってしまった。

「…………」

何より夜行は、魔族との戦争で用意された切り札の1枚。

それはつまり言い方を変えれば、数多くの敵を殺すと言うこと。

味方側からすれば英雄かも知れないが、敵側から見ればこの上ない怨敵《おんてき》である。

今回はただの誤解。町で悪事を重ねる殺人鬼と、特徴が似ていたから間違われた。

しかしいずれはきっと、間違いではなく『戊伏夜行』本人を憎み、命を狙う者も現れることだろう。

そう考えたら、必死に誤解を解こうとしている自分が何やら滑稽《こっけい》に思えてきてしまった。

その内に、件《くだん》の殺人鬼よりも遥かに多くの血を流させると言うのに、どの口が誤解だと主張するのか。

「……ま、いいや。引き受けたのは、他の誰でもない俺自身だ」

『大陸』へと自分達を喚《よ》び寄せたのはクリュスだが、彼女の頼みを聞き入れたのは自分。

すぐに帰ることだって出来た。それをしなかったのは自分。

クリュスが提案した莫大な報酬と引き換えに、人殺しの勇者となることを選んだのは、夜行達自身。

――だったら、もういい。こんな誤解、解くだけ無駄だ。

割り切りの早い夜行は、かぶりを振りつつ早々に説得を諦める。

少し伸びた蕎麦をずるずると一気に啜り、席を立ちテーブルに代金を置いた。

「じゃ、俺は食い終わったからそゆことで」

「なっ!? ま、待て、わたしはまだ口も付けていないんだぞ！　食べるまで待て！」

そう言われて待つ奴が居るのなら、是非とも目の前まで連れて来て欲しい。

少なくとも、俺は今までの人生で一度だってそんな輩《やから》に会ったことは無い。

「オヤジさん！　勘定はここに置いとくぜ！」

「ありゃあっしたー」

それにしても、最初から最後まで徹頭徹尾《てっとうてつび》やる気のない店主である。

「くっ……出された食事は残すなと偉大なる姉上も言っていたし、こうなってはわたしも直ぐに食べ終え――あづッ!? 熱い、猫舌のわたしには無理だ！ しかも、カレーもうどんも天ぷらも熱々なのに、あんまり美味しくない！」

馬鹿め。これだけの人がいる町で、尚且《なおか》つ昼時に空いているこんな店が、どう考えても美味いワケ無いだろう。

全く……ゴムでも噛んでるような食感の蕎麦だった。もう二度と来ないぞ。

コートの裾を翻し、表通りを目指し駆けて行く夜行。

しかし町を出る前に人の波に呑《の》まれ、どうにか抜け出せた頃には追い掛けて来たクリスタと遭遇。結局、鬼ごっこは続行されるのであった。


仮面の剣士クリスタのしつこさは、想像を遥かに超えていた。

西へ駆ければ追って来て、東に走れば追って来て。

北に逃げても追って来て、南に隠れても追って来て。

脚力は言うまでも無く夜行が圧倒的に上だったけれど、土地勘が無く、闇雲に走り回る夜行をクリスタは先回りして追い縋った。

ビセッカの町並みはかなり複雑で、迷ったり行き止まりに引っ掛かったり、中々相手を振り切れず、数時間も逃走劇が続く。

いい加減うんざりしていた夜行であったが、事を荒立《あらだ》てるワケにも行かない。

勇者の役目は、魔族との戦争における切り札なだけでなく、それ以上に、人間側の士気を向上させる旗印《はたじるし》としてのものが強い。

今は国内にさえ存在を秘匿されている身。こんな所で無闇に暴れ、その件が知れ渡ればどうなるか。

クリュスが期待を寄せる勇者の名に、傷が付くのは明白だった。

しかし夜行の中に潜む獣の凶暴性は、敵対者への容赦《ようしゃ》一切を奪う。

正直な話、徐々に募《つの》る苛立《いらだ》ちから、いっそクリスタの脚でも斬り落として追って来られなくしてやろうかとも思った。

1本くらいならすぐには死なないし、治療院にでも駆け込めば問題なく繋げられる。

痛い目を見れば流石に諦めるだろうと、一度本気で『娼啜』に手を伸ばしかけていた。

それを押し留めたのは、偏《ひとえ》に帝都で自分の帰りを待っているだろう仲間達の存在に他ならない。

ここで暴れれば、もしかしたら皆にまで迷惑がかかるかも知れない。

もし上手くバレずに済んだとしても、この先ずっと負《お》い目を抱えることになる。

仲間に、クリュスに、合わせる顔が無くなってしまう。

それを激しく嫌ったからこそ、夜行はクリスタに一切手を出さなかった。

『月狼《ルナ・ウルフ》』のクラスに目醒《めざ》めたことで、人と獣の感性が混ざりつつあり、以前よりも仲間意識が強く根付いている。

敵には容赦ないが、仲間には甘い。そんな精神状態となっている夜行が、その仲間にまで泥を被せかねない行為を躊躇するのはある種当然だった。

――とは言え、このまま走り続けても振り切れるのはいつになるか分からない。そう悟った夜行は逃げながら、状況を好転させる打開策を考え、考え、考えて――。

ピコンッ。そんな擬音《ぎおん》と共に、頭の上にLEDライトの光が点《とも》った。

追う者が居るから、逃げなければならないのだ。

それだったら簡単な話。追う者もまた、追われる者にしてしまえばいい。

どれほど悪質な追跡者であろうと、撃退する手段は存在する。古来より数多くの追う者を追われる者へと転じさせた、必殺の呪文が。

夜行は探した。よそ者が頻繁《ひんぱん》に出入りするこの手の町なら、絶対にいるだろう存在を。

軽快に追ってくる仮面の剣士と、つかず離れずの距離をあえて保ちながら探すこと、数分。

目的の人物らしき姿を見付けた夜行は、駆け寄って縋り付いた。

数人のグループが着用している軽鎧《ライトアーマー》は飾り気が少なく、胸の部分に全員同じ刻印《こくいん》がある。

各々帯剣した彼等――町の警備隊に向け、夜行は少し怯《おび》えたような声を作り、追って来るクリスタを指差しながら、こう叫んだ。

「――おまわりさん、あいつです」

Ψ

「国家権力最強伝説」

とっぷりと日の暮れた街中を歩きながら、つい1時間ほど前のことを思い出して呟く。

仮面の剣士クリスタは、町の警備隊によって見事に連行された。

無実を主張していたが、仮面を被った怪しい風体《ふうてい》の輩が放つ言葉など、誰が信用するものか。

ともかく、これで少しは誤解される痛みを知るが良い。

ふはははと高笑いして、すっかり溜飲《りゅういん》の下がった夜行はコートの裾を翻した。

「しかし、結局夜になってしまった」

見上げれば、ほぼ真円の蒼い月。明日はきっと満月だろう。

ここから帝都までの距離は、夜行の脚なら半日少々。今から出発しても、朝方には到着するはずだ。

だが、生憎と夜行の生活スタイルは昼型。夜更《よふ》かしに滅法《めっぽう》弱く、どんなに頑張っても０時頃には大体寝《お》ちる。

その上、今日は１日走り通しだった。これ以上長距離を駆けるには、ＳＰ（スタミナポイント）の残量が乏しい。

どうせ一度は睡眠《すいみん》を挟まなくてはならないのなら、この町で１泊して行くべきか。

急ぎの道中とは言え、今出発しても翌朝に発《た》っても大して到着時刻は変わらないのなら、野宿なんてするより、温かいベッドの上で休みまともな朝食を食べる方がいいに決まっている。

仮面の剣士《クリスタ》の所為で殆ど１日遅れになってしまったことに舌打ちしながら、夜行はフードを深く被り直した。

どうしてこう、足止めばかり食らってしまうのか。普段の行いは、さほど悪い方では無いと言うのに。

「……まぁ、過ぎたことを悔《く》やんでもしょうがねーや。取り敢えず今夜の宿でも探すとしますか」

明日の夜には帝都だ。もう金の心配をする必要も無い。

手持ちを全て使い切り、ちょっと贅沢《ぜいたく》でもしようかと薄く笑みを浮かべた——そんな時だった。

少し離れた場所から響いてきた悲鳴が、夜行の鼓膜《こまく》に触れた。

「…………」

一瞬、どうするか考える。

行くか、行かないか。助けるか、見捨てるか。

これまでの経験上、行けばかなりの高確率で面倒事に巻き込まれる。

夜行は雅近とは違い、別段面倒事が嫌いなワケではないが、それでもこう連続して起きれば流石に嫌気も差してくると言うもの。

行かなければ、きっと平穏無事に一夜を明かせることだろう。代わりに、今後しばらく人を見捨てた罪悪感を抱えて過ごすことになる。

面倒を取るか、罪悪感を取るか。

双方を天秤に乗せれば、特に膠着《こうちゃく》することも無く大きく傾いた。

「……仕方ない」

別に悲鳴が上がったからと言って、必ずしも面倒事が起きているとは決まったワケじゃない。

ちょっと確認するだけだ。そう、ほんのちょっと。

大したことじゃなければ、そのまま今夜の宿でも探しに行けばいい。

今の悲鳴がどんな事情から来たものであろうと、聞こえてきた以上、何もしないでさようならとは行かない。

一応、勇者だし。

――跳躍し、壁を蹴る。

見上げた中でもひと際高い、町の時計塔の上に立ち、蒼い月夜の町並みを、夜行はじっと見下ろした。

「さて……どこに居る？」

Ψ

血の流れる腕を押さえながら、女は必死に走っていた。

息を激しく乱し、出血と恐怖で青褪《あおざ》めつつも、今にも縺《もつ》れそうな足を動かし、走り続けていた。

「くひっ……くひひっ……」

背後から聞こえてくるのは、空気の漏《も》れ出るような気味の悪い笑い声。

聞いているだけでも、背筋が凍《こお》りそうになる。

「どぉこに行くのか、なぁぁぁ……くひひひっ、くひひひっ」

捕まったら終わりだ。逃げなければ、殺される。

想像しただけでも涙の滲む悲惨な光景を思い浮かべ、女は逃げ惑う。

走って走って走って、逃げて逃げて逃げ続けて。

「くひひひひひ、ひひひひひひひ」

けれど幾ら遠のいても、その笑い声が聞こえる度に恐怖が噴き出す。

だから止まらない。足が痛みを訴えても、体力の限界を迎えようとも、恐怖で止まることが出来なかった。

――どれくらい、走ったであろうか。

いつの間にか足音も、耳障りな声も聞こえなくなっていた。

よろよろとよろめきながら、女は壁を背に座り込む。

既に喋ることも出来ないほど呼吸は荒々しく、足を動かすことさえ億劫だった。

恐怖で麻痺《まひ》していた腕の痛みに、今更ながら顔を顰《しか》める。
女は後悔していた。こうして夜中に、外を出歩いていたことを。
町の住人である彼女は、あの恐ろしい『噂』のことを当然知っていた。
駐在や警備隊の人間でさえも、奴の前では無力で殺された。
全身を切り裂かれ、首を持ち去られて殺された。
そう知っていた筈なのに、外に出てしまった。
でも、助かった。自分は運良く逃げ切ったのだと、女はほっと安堵する。
息が落ち着いたら、すぐに帰ろう。
帰って、もう絶対に夜中の外出は止めよう――。

「みぃ、つ、け、たぁぁぁぁ」

女の視界を、『赤』が覆う。
全身を赤で埋め尽くした狂人が、自分の前に立っている。
彼女は数秒してから、そのことに気付いた。
確かに振り切った筈なのに。気配なんて、全く無かったのに。

そんな思考は、不気味な笑みを浮かべる男の前で砕け散った。

最初から、女は逃げることなど出来ていなかったのだ。

いつでも追いつけたこの男は、女の逃げ惑《まど》う様《さま》を見て楽しんでいただけなのだ。

最早女には、悲鳴を上げる力さえ残っていない。

カチカチと歯を打ち鳴らし、涙を伝わせ命を乞《こ》う。

男は薄気味悪い笑みを浮かべたまま、手に持っていた何かを振り上げる。

それは、血で汚れた大振りなクレーバーナイフ。獣を解体するための代物《しろもの》だった。

「くひひひっ、くひひひひ……ばらばら、ばぁらばら……首首首首くびくびくびくびぃぃぃぃ……」

老人のように深い皺《しわ》の刻まれた顔で笑い、青年のみたいな声音で笑う。

焦点《しょうてん》の合っていない虚《うつ》ろな眼窩《がんか》に、理性や知性は感じられない。

女は目の前に立っている者が、本当に人間なのかさえ分からなかった。

人の形をした化け物――既に何十人もの人を手にかけた殺人鬼。『切り裂きジョーンズ』と呼ばれるその男が、ナイフを振り上げる。

女は、自分が殺されることを悟った。噂で聞いた惨殺死体のようになます切りにされ、首を持ち去られるのだ。

目を固く閉じ、震えながら身を抱える。

恐怖に染まりきった心が、助けてくれと叫ぶ。

「くひ、くひっ、くひくひくひくひ首首首くびくびぃぃぃぃぃッッ！！！！」

叫びながら、手にしたナイフを振り下ろさんとする『切り裂きジョーンズ』。


「——何がそんなに楽しいんだ？」


だが、その手は静かな夜にキンと響いた、新たな声によって止められるのだった。

「無抵抗の相手を嬲《なぶ》る。弱い奴を追い立てる。ホント、何が楽しいのか俺には分からんね」

ナイフを振り上げたまま、人形のような硬い動作でジョーンズが振り返った。

その先に居たのは、１人の『紅』。

「くひひひ……だぁあれだ？　じゃま、するのかぁぁぁぁ？」

「……邪魔？」

フードを被った紅い男は、両手を上げてかぶりを振る。

「まさか！　そんなに俺は暇じゃない、正直なところ、今すぐにでもこの町をおさらばしたいところだ」

そして、コートの裾を押し退けるように翻し、後ろ腰に差していた脇差を、逆手で引き抜いた。

「だが……ちょうどてめえの所為で、随分な迷惑を被《こうむ》ったところでな。それに、殺人の現場なんぞに居合わせちまった以上、目と耳を覆って知らん振り出来るタチでもないんだ」

ひゅんひゅんひゅんひゅん、と風を切るように手の中で回される脇差。

妖《あや》しげな輝きを放つその切っ先が、やがてぴたりとジョーンズへ向けられた。

「そして殺人鬼が相手なら、もし加減を失敗《ミス》っても姫《クリュス》さんの顔を潰さずに済むだろ？　つまり、そういうこった」

「んぅ……？」

言っている意味が分からず、首を傾げるジョーンズ。

が、すぐに考えることを止め、背後で倒れる気を失った女のことすら忘れて標的を変える。

「くぅぴぃ……おまえ、のぉ……首を……」

「イカれてやがるな。いいぜ、来いよ……つーか、こっちから行くけどなァ‼」

じりじりと、互いに距離を詰めるような真似はしない。

ジョーンズは一気に駆け出すと、紅い男——夜行に向かい、弾丸の如《ごと》く突っ込んだ。

夜行もまた、フードの奥にある顔を狂喜に歪めて駆ける。

抑えに抑えていた獣の欲求を、完全に解き放っていた。

「ヒャッハハハハハハハハハァッ！！！」

「よぉぉおこぉぉおぉおせぇぇえぇえッ！！！！」

甲高《かんだか》い衝突音と、激しい火花が弾け飛んだ。

空に浮かぶ蒼い月の下で、獣と狂人がぶつかり合う。

幾重にも剣戟が飛び交い、夜闇の中で火花が散った。

「ヒャハハハハハァッ‼　ヒャハハハ、ヒヒヒャハハッハハハハッッ！！！！」

「くびよこせよこせよぉこせばらばらばらばらばらぁぁあぁあッ‼」

地を、壁を跳ね巡る夜行に向け、肉厚《にくあつ》のクレーバーナイフが出鱈目《でたらめ》に振り回される。

その全てを、さながら舞踏を思わせる動きでくるくると回り、ステップを踏み、紙一重で避け続ける夜行。

ジョーンズの兇刃《きょうじん》をかわす最中、右に左に刀を持ち替え、口に咥《くわ》え、時には肘《ひじ》や膝で挟み込む。

ただひと振りの脇差を身体の一部のように扱い、相手の攻撃の合間を縫い、それ以上の手数にて反撃を重ねた。

「さぁ踊れ踊れ、もっともっともっとだぁッ‼」

宙に放った『娼啜』の柄頭を、全身を1回転させた踵落《かかとお》としで蹴り、速度と威力を上乗せした刺突《しとつ》として飛ばす。

ジョーンズがそれをナイフの腹で弾くと、夜行は素早く掴み取り、横薙ぎの一閃《いっせん》にて追撃。

間一髪《かんいっぱつ》でガードが間に合ったジョーンズは、そのまま力押しで夜行を数メートル吹き飛ばした。

「ハハハハッ！　いちいち弾かれる度に吹っ飛ばされんのは、うざったくてしょうがねぇなァ！」

着地する際の動作は、猫のようにしなやかだった。

言葉とは裏腹に、凶暴な笑みをより一層深めながら、体勢を異常なほど低く落として、夜行は再び構え直す。

——極端に体重が軽いので、多少腰を落とした程度では踏み込みに重心が乗せられない。より強く踏み込むために、より高く跳ぶために、より速く動くために。度を超《こ》した疾《はや》さと軽さを発揮する代わりに、どうしても予備動作《モーション》が大きくなってしまっていた。

スピードにおいて夜行の足元にも及ばないジョーンズが、夜行の攻撃を辛うじて防げているのは、それ故だ。

確かに規格外な速さではあるが、それ以上に無駄な動きが大きい。

時折奇怪な動きを挟んでまで、全ての攻撃に『娼啜』を使っているのも、他の打撃や蹴撃に、まるで威力が伴わないからに他ならない。

金属製の篭手《こて》や具足《ぐそく》を装備して、多少なりと重さを持たせることは出来たかも知れないが、それでは肝心の速さが軽減してしまって意味が無い。

何より……重度の金属アレルギーである夜行に、金属製品は御法度《ごはっと》だった。

「くび……くびぃ……」

「ヒャハッ！　欲しけりゃ、取ってみろよ！」

——とは言え、夜行の持つ技能《スキル》により齎《もたら》される利点もまた、欠点と同数以上に存在する。

重心が据わらない。安定感が無い。

それは即ち《すなわ》、無茶な動きに対しても肉体にかかる負荷《ふか》が少ないと言うこと。

逆立ちして腕１本で跳ぼうと、全速力で直進する状態から一転して、バックステップに移ろうと問題なかった。

常人ならば、下手すれば腱《けん》が千切《ちぎ》れかねない無茶な駆動も、９キロ程度の体重しか持たない夜行の身体なら、容易く実行できる。

強く風が吹けば飛ばされてしまいそうな程の軽量体は、本来人間には不可能、若しくは異常なほど困難な動きさえ、実現可能とするのだ。

更に――。

「血塗れちまみれ赤々赤々まっかっかぁぁぁぁッッ！！！」

「残念、俺が紅いのは元からだッ！　ヒャハハハハッ‼」

跳躍の着地時を狙い、ジョーンズがナイフを振り下ろす。

しかし夜行は空を蹴る技《アーツ》『エアステップ』で、当然のようにそれをかわした。

クラス技能《スキル》『軽業《アクロバット》マスタリー』もまた、夜行の人間離れした動きに拍車をかけている。

この世界に、有用なものから足枷《あしかせ》にしかならないものまで、それこそ星の数ほど無数に存在する技能《スキル》。

そんな中でも『軽業《アクロバット》マスタリー』は、かなりの稀少度《レア》を誇る、『空戦』に適応した技能《スキル》だった。

技《アーツ》を用いて空中でさえも自由に動く夜行を捉えることは、海を泳ぐ魚を素手《すで》で捕まえるより難しい。

おまけに元来ＳＰをそれなりに消耗する軽業《アクロバット》系技《アーツ》も、軽量な肉体ゆえに消費は微細《びさい》。

やろうと思えば、鳥より高く飛ぶことも可能だった。

モーションの大きさも、攻撃の軽さも、動きの速さと手数の多さでカバーできる。

目立つ欠点もそれなりに多いが、そのいずれもが裏返せば利点に変わるのだ。

「昂《たか》ぶる昂ぶる、昂ぶるなァァッ‼」

相手の攻撃が掠るだけでも致命傷《ちめいしょう》となる防御力の低さも、『ビーストアッパー』の恩恵を受け易くなると思えば価値ある危険《リスク》である。

万が一ある程度大きな傷でも負えば、より潜在能力が引き出されるのだから。

――更に、夜行が今こうして攻め切れていない理由は、単純な経験不足に過ぎない。

力に目醒めてからまだ9日。当然だが、『月狼《ルナ・ウルフ》』の力を半分も引き出せてはいなかった。

つまり、伸び代《しろ》が幾らでも存在することになる。

足りないのは偏《ひとえ》に経験のみ。急激に軽くなった肉体への慣れと、それに対応した新たな感覚を築き上げること。この殺人鬼との殺し合いは、そんな経験を積むのに最適の訓練《プラクティス》だった。

夜行に潜む獣の感性が戦いの中で突き動かされ、同じ挙動を繰り返す度、本能的にその動きを洗練《せんれん》させていく。

「……ッ！」

大きく取らなければならないモーションの中でも、削れるものを削る。

攻撃のタイミングもより早く、正確に。

踊るような動きこそそのままだが、速度も密度も徐々に増していく。

金属のぶつかる音、コートの翻る音。軽い身体の刻む、小さな足音のステップ。

全てが少しずつ、間隔《かんかく》を狭《せば》めテンポアップする。

「くひ……くひひ、くひぃ……」

「そぉら、一撃ぃッ‼」

薙ぐように放たれた夜行の刀の切っ先が、ジョーンズの胴を浅く斬る。

最初の衝突から、およそ10分。

両者無傷を保っていた微妙な均衡が崩れた瞬間だった。

それを皮切りに、戦況は傾き始める。

さながら経験を喰らい貪《むさぼ》るかの如《ごと》く、肉体の扱いを本能で学び取り続ける夜行。

今まで二連だった攻撃が三連になる。

攻撃後に弾き飛ばされる回数が減り、相手の勢いを受け止めるのではなく、刀の反《そ》りを利用して流すようになる。

弾かれても身体を回して衝撃を殺し、すぐに追撃へと移る。

勢いと鋭さを増す夜行の攻勢に、ジョーンズは少しずつ付いて行けなくなり拮抗《きっこう》から防戦一方へ。そして、やがてその防戦すら出来なくなる。

「2つめぇッ！」

「くひ……くぅ……」

かわすことも防ぐことも間に合わない攻撃にひとつずつ傷を増やし、その赤い衣服を徐々に徐々に、己の血で更に赤々と染めていくのであった。

Ψ

夜闇に包まれた、人気の無い町並み。

そこで響いていた剣戟の音も、獣染みた高笑いも、狂った叫びも、全てが唐突に鳴り止む。

風にコートの裾をなびかせ、妖刀を弄ぶ夜行は足元を見下ろしていた。

視線の先には、全身を斬られ、気を失った殺人鬼『切り裂きジョーンズ』の姿があった。

「…………」

「……小耳に挟んだんだが、てめえの殺《や》り方もこんな感じなんだってなぁ？」

既に相手が倒れているからか、夜行の瞳に獣の色は無い。

猛獣のようだった表情も鳴りを潜め、一見して好青年と呼べるような、普段の状態に戻っていた。

……にしても、数十人もの人間を切り刻み殺した男が、今まで殺した者達と似たような姿にされるのは、いわゆる報《むく》いと言う奴だろうか。

「なんつったっけ、こんな感じの状況……人を呪わば、棚《たな》ふたつ？」

正確には、『人を呪《のろ》わば穴ふたつ』である。

棚が２個あったところで、収納スペースが増えてお得なだけだった。

「ま、いいかそんなんどーでも。どうせこのまま放っておいても出血で死ぬし、キッチリとトドメを刺してやるか」

人を殺したことは無いけれど、相手が壊れた殺人鬼なら多分心も痛まない。

ジョーンズは斬られても斬られても、ひたすらに意味の分からない奇声を上げるだけだった。

ふと、夜行は思い出す。

昔、妻を事故で亡くして心を壊した叔父《おじ》に、病院で会った時のことを。

最後に会った３日後に、叔父は病院の屋上から飛び降り、命を絶った。

このジョーンズも、あの時の叔父と似た目をしていた。

「──もう治らない。何があったかは知らないが、壊れたまま生き長らえても死ぬより辛いだけさ。叔父さんがそうだった」

気絶したジョーンズの襟《えり》を掴み、そのまま持ち上げた。

夜行の筋力、STR値は極端に高いワケではないが、男性1人くらいなら片手でも支えられる程度の数値を有している。

四肢《しし》を力なくぶら下げ、ぐったりとしたジョーンズの姿に、夜行は僅《わず》かばかり眉間へと皺を寄せた。

「ふう……凶暴化した後は、身体だるいな……ヤッた後みたい……いや、童貞《どうてい》だけどね……」

『ビーストアッパー』発動後特有の、倦怠感《けんたいかん》や虚脱感《きょだつかん》。

そして恐らくは、今から自分の行うことに対する忌避も抱えているのだろう。

特に意味の無い軽口を叩くのが、何よりの証拠だった。

何せ相手が壊れていようと、夜行は、人を殺すのは——初めてなのだから。

「……………ばいばい。生まれ変わり《コンティニュー》したらまともなお頭《つむ》をもらえるよう、神様にでも祈っとくんだな」

戦闘の最中で血を吸った影響か、『娼啜』が喚《わめ》いてうるさい。しつけるように刀身を壁へ叩き付けると、幾分か大人しくなった。

くるりと刀を回し、逆手に持ち替える。

せめて一瞬で終わらせるべく、首目掛けて振り抜こうとした時——一陣の風が強く吹いた。

「……あぁ……？」

刀を持った手が、止まる。

ジョーンズを持ち上げていた左腕から、突然力が抜けたのだ。

腕がだらりと下がり、結果ジョーンズの身体が地面に横たわる。

それを見下ろし、夜行は左腕に全く力が入らないことに、否。左腕から、感覚が無くなっ、ていることに気付いた。

「――――」

更にそれだけではなく、とある異変が襲ってくる。

ずるりと、袖の中で何かの擦れる音がした。

ずるずると、袖の中から何かが引きずり出されるような音がした。

そして――最後に、ぼとり。

袖の中から、何かが地面に落ちる音が静かに響いた。

「……言った筈だ。地の果てまでも、貴様を追い続けると」

次いで、つい数時間前まで頻繁に聞いていた声音が鼓膜を叩く。

しかし夜行は、それには何の反応も見せず、ただ、足元を見遣っている。

「もう言い逃れは出来んぞ。この惨状を目の当たりにすれば、貴様が何者かなど最早論じるまでも無い」

蒼い月光を跳ね返す、微塵《みじん》の曇りも無い剣身を見せ付けるように、仮面の剣士が夜行に刃を向ける。

「断罪の時間だッ！　今こそ民衆に代わり、わたしが貴様を討つ！　『切り裂きジョーンズ』ッッ‼」

凛《りん》と響いたクリスタの声にも、やはり夜行は動かない。

その目に映るものは、関心が向いているものは、ただひとつ。

傷ひとつ無いコートの袖口から、ぽたぽたと夥《おびただ》しい量の血を流しながら、己の血で出来た小さな血溜まりの中に立ちながらも、夜行の目はただ足元へと——無惨にも斬り落とされた左腕へと、向けられていた。

大量の血がコートの袖を伝い、流れ、血溜まりを広げていく。

二の腕の半ばほどから斬り落とされた左腕が、まるで悪趣味な置物のように、その中で転がっているのだ。

夜行は遅れて訪れた激痛さえまるで意に介さず、別れ別れになってしまった左腕と左肩を、順繰りに見比べていた。

腕を斬られたショックでもない。

今までの人生で体験したことのない、激しい出血でもない。

そんなものよりもまず、夜行の脳裏《のうり》に巡っていたものは――。

どうなっている？　そんな、当然と言えば当然の疑問だった。

夜行の着るコートは、精製した熊の血で染め上げた、大灰熊《ビッグ・グリズリー》の毛で織られている。

刃物に対する防御力は、柔《やわ》な鎧程度なら優に上回る代物だった。

その防刃布並みの強度を持つコートの袖には、傷ひとつ見当たらない。

恐らくは、コートの下に着ている服も同様だろう。

……ならば、何故腕だけが斬り落とされている？

焼けるような痛みを訴える左肩を押さえながら、頭の中で疑問符を踊らせるも答えは見つからない。

程なく、この現象を引き起こした張本人である筈のクリスタへと、夜行は無造作に視線を向けた。

「不思議そうな顔をしているな。よかろう、冥土《めいど》への土産《みやげ》に教えてやる！」

周囲に響く通りのいい声を張り上げて、クリスタは手にした剣を掲げると、その剣身を撫《な》ぜながら、得意気に種明かしを始めた。

「我が剣『ジャッジメント』は、東方の高山に棲《す》む白龍の噴く焔《ほのお》で鍛え上げられた、『唯一級《ユニーク》』の等級を持つ絶世の名剣。今も尚消えることなく剣の内で燃え続けている白き焔は、あらゆる防具をすり抜ける『透火《とうか》』の力を備えている！」

「……ッ」

クリスタの並べ立てた言葉に、夜行は苦々しげな表情を浮かべた。

つまり、あの剣の前では、鎧も盾も何の意味も無いと言うことになる。

元々防御力が低く、魔力を伴う防具も金属製の鎧も装備できない夜行にとっては、さほど相性が悪いとは思えない。

しかしながら、本来は精々骨が砕ける程度だったにも拘わらず、夜行の左腕は斬り落とされた。

同じ負傷でも、骨折と切断では次元が異なる。

厄介であることには、変わりなかった。

「……チッ……とにかく、腕を……」

右手に持っていた『娼啜』を口に咥えて、落ちた左腕を拾い上げようと、夜行は血溜まりの中に膝を突く。

幸い、この世界の医療技術は魔法によって、現代の地球よりも進んでいる。治療院に駆け込めば、腕を繋ぐことなど決して難しくはない。魔力拒絶《きょぜつ》体質の夜行であるが、そうした特異体質の中和剤も存在するのだ。

少し値は張るらしいけれど、どうせここビセッカから帝都までは目と鼻の先。足りなければ後日支払えばいいだけの話である。

――腕まで落としてくれた目の前の馬鹿には、いい加減落とし前をつける必要もあるが、それよりも何よりも、今は腕を繋ぐ方が先決だった。

切り口はあまりに鋭利で、酷く出血している。このままだと、命に関わりそうな状態だった。

段々と蒼白になる顔に汗を浮かべ、斬られた腕へと手を伸ばす夜行。

……だが、それは叶《かな》わなかった。

「――――ッ！！？」

伸ばした右手が反射的に引っ込められ、驚愕により、思わず咥えた刀を落としそうになる。

あと少しで指が触れる、その瞬間のことだった。

夜行の左腕が――白い炎に包まれたのは。

「……な……!?」

火種《ひだね》もなく唐突に現れた白い炎は瞬《また》く間に火勢を増し、爆発的な勢いで燃え上がり、近付くことも出来ないほどの高熱を放つ。

そして数秒か、十数秒か。そんな短い時間で、まるで幻《まぼろし》のように炎は消える。

すると夜行の左腕もまた、爪1枚残すことなく消え去っていた。

「剣の裁きを受けたものは、浄化の炎で滅される……次は貴様の番だ」

ひゅん、と剣を軽く振り下ろして、クリスタが静かに告げる。

そしてコツコツと足音を鳴らしながら、夜行へと歩み寄って来る。

「…………」

対する夜行に、動きは無かった。

見開かれたままの目は、焦《こ》げ付いたレンガの地面へと向けられている。

「どうした。首狩りの殺人鬼が、まさか腕1本失くした程度で怖気《おじけ》づいたか？」

挑発とも取れるクリスタの言葉にも、何の反応も示さない。

果たして聞こえているのかどうかさえ、定かでなかった。

「……それならそれで構うまい。己の罪を悔いて、死ね」

己の間合いに入ると同時に、一気に踏み込み剣を振るうクリスタ。

その剣尖は正確に夜行を捉え、その身体を両断すべく神速で迫る。

「……」

そこでようやく、夜行は首を微《かす》かに動かした。

刀を、『娼啜』を口に咥えたままで、一切感情が込められていない空虚《くうきょ》な瞳が、振り下ろされる刃をおぼろげに映し込む。

だが、遅かった。

夜行の速度をもってしても、回避が間に合わない距離まで既に刃は迫っていた。

――それが、素の身体能力だったなら。

「ぐぅッ⁉」

気付いた時、クリスタは宙に浮いていた。

なんと剣の切っ先を、夜行の残る右手の指先で掴まれ、攻撃の勢いを利用され、そのまま投げ飛ばされたのだ。

背中から地面に打ち付けられたクリスタはすぐさま跳ね起きる。

そして再び、夜行の姿を視界に捉え、異変に気付いた。

「………」

夜行は咥えた刀を、ゆっくりと右手で取る。

コートの裾を翻して、後ろ腰の鞘へと、それを収めた。

ぼたぼたと袖の奥から血を流しながら、色を失って行く顔色とは裏腹に、口角を少しずつ吊り上げる。

「……くッ」

喉から漏れ出たような声を出し、肩を小刻みに震わせ、顔に手を当てる。

「くひゃッ……きひ、ひひひッ——」

やがてもう堪《こら》えきれないとばかりに、吊り上げた口角を、まるで裂けてしまったかのような、異常な笑みへと変える。

「——かひゃひゃひゃははははひひかははッ‼　ひひひひかひゃひははははッッ——！」

そして狂ったような哂《わら》い声を、上げ始めるのだった。

ああ——こんなの、いつ以来だろう。

本当に、いつ以来になるのだろう。

「茉莉夏《まりか》の奴が、二股かけてやがったのが分かった時以来か……？　ああ、いや、あん時はどっちかってと一晩中泣いてたわ」

……じゃあ初めてだ。うん、きっと初めてだ。

こんなにも、こんなにも、こんなにも。

そう、こんなにも――。

「――こんなにもブチ切れたのは、生まれて初めてだァ……かひひゃはッ！」

怒りが度を越すとかえって笑えてくる、なんて話は本当だったらしい。

ハイになった所為か、左腕の痛みも感じなくなってきた。血が足りなくて少しふらつくけど、動けないほどじゃない。

右腕を広げ、天に昇る蒼い月を仰《あお》ぐ。

ぎりぎりで満月じゃないのが、少しだけ残念だった。

「よくもまあ、俺の左腕を焼いてくれたな」

夜行は未だ血を流し続ける左肩を一瞥《いちべつ》してから、クリスタに視線を向けた。

するとクリスタは、マスクの内側で表情を驚きに染める。

日本人の大半がそうであるように、先程まで濃褐色《ブラウン》だった夜行の瞳は、まるで獣の如《ごと》く瞳孔《どうこう》が縦に裂けた、琥珀色《アンバー》へと変わっていたのだから。

メギッ……メギギッ……。

軋むような小さな音が、夜行の左肩から響く。

それが止むと同時に、彼の袖口から流れ出る血が止まった。

まさか、とクリスタは息を呑む。

「……自力で……自力で、出血を止めたのか……⁉」

「驚くことねーよ、漫画じゃよくある話だろぉ？　できるーできるー君にもできるー」

そんなワケが無い。有り得ない。

僅かに血が滴《したた》るのみとなった空っぽの袖口を見て、耳に障る哂《わら》い声を上げる夜行を見て、クリスタの剣を握る手に、より一層の力が込められた。

「何なんだ貴様は……人間じゃないな……ッ！」

「純度１００パーの人間だっつの。人と言う名の獣なだけだっての」

ケラケラと言う夜行に、クリスタは嘘だと声高に叫ぶ。

現にそう思っても不思議ではないほど、夜行の姿は変貌《へんぼう》していたのだ。

瞳の色だけではない。

短髪をオールバックにした千影よりも長く、肩にかかる程度まで伸ばした雅近よりも短い。

そんな程度だった夜行の髪は、被ったままのフードを押し退けるほど急速に伸びていた。

まるで獣のような毛並みへと変わり、今や毛先が腰にも届きそうな長さへと達している。

凶悪な笑みを浮かべる唇の隙間から覗く歯も、最早牙のようで、剃刀《かみそり》の如《ごと》く長く鋭く変異したそれらが、ずらりと並んでいた。

「魔族……獣人の一種か。見たことのないタイプだが、何を狙ってこの町に潜伏《せんぷく》していた！」

「……ホンット、どこまでもめでたい野郎だよォ。誰が俺をこうしたと思ってやがんだァ？」

ボサボサに伸びた髪ごとかぶりを振り、呆れた様子を見せる夜行。

が、それも一瞬のこと。獣の眼に激しい敵意を滾《たぎ》らせ、だらりと体勢を低くする。

「まァ……別に何とでも言えばいいさ。片腕もがれてそれを笑って許せるほど、俺は出来た人間じゃあないんでねェ……！」

「来るか……！　いいだろう、今度こそ正義に裁かれるがいい！」

喉から唸るような声を出し、伸びた髪を逆立てる。さながら獣そのものと言ってもいい仕草で、夜行は今にも飛び掛らんとした。

しかし――。

「こっちだ！　こっちから戦闘の音が聞こえてきたぞ！」

「応援もあと少しで到着するぞ！　包囲を固めるんだ！」

「――チイィ……」

闖入者《ちんにゅうしゃ》の気配に、夜行の口から舌打ちが飛び出した。

遠くから聞こえてくるのは、怒声と幾つもの足音。

どうやらジョーンズとの戦闘を、派手にやり過ぎたらしい。警備隊の人間達が、こっちに向かって来ていた。

クリスタもそれを感じ取ったようで、口元に余裕の笑みを浮かべる。

「フッ。どうやら年貢《ねんぐ》の納め時だな、魔族め。手負いの貴様では、わたし1人さえ倒すことなど出来んと言うのに」

「…………」

もう聞きたくもない台詞《せりふ》を右から左へ流しながら、夜行は考える。

この状況で戦いを続行するか、否か——。

左腕は斬り落とされ、燃やされた。血もかなりの量が身体から抜けてしまった。

ただその出血は筋肉の収縮で止めたので、後でレアに焼いた肉かレバ刺しでも食えば、特に問題はないだろう。

腕が片方落ちたことで、戦闘能力は下がるどころか飛躍的に上昇。何せ『ビーストアッパー』が強く発動し過ぎて、『半獣化』にまで至っている。

髪や牙、爪だけ変異する不完全な状態なのは、危機的状況や強敵の出現よりも、夜行自身の強い怒りが引き金となったからか。

月齢が満月に近く、能力の恩恵を受け易くなっていたこともあるかも知れない。

そうでなければ、こんな程度のことで『半獣化』までしてしまうことは無い筈だった。

この姿になったのは今回が初めてだが、それでも分かる。

本来の能力より強くなるほど精神が獣に近くなり、やがては暴走するのが夜行の力である。

『半獣化』状態で戦えば、本気で見境をなくしてしまう。

眼前の馬鹿剣士を、すぐにでも引き裂いてやりたい。

普段なら決して抱かないだろうこの欲求のままに暴れれば、きっとしばらく理性が戻ってこない。

殺すのは簡単だ。クリスタ《こいつ》は強いが、今の夜行なら1分で殺せる。

だがその1分で、警備隊がここまで来てしまう。

こいつの血を浴びて、理性を保っていられる自信がない。

動くもの全てを、何もかも殺してしまいかねない。

クリスタには殺してもお釣《つ》りが来るほどの怒りを抱いているが、警備隊に罪はない。

ここで衝動のままに彼等まで手にかけてしまったら、晴れて罪人だ。

それ以前に、無関係の人間を殺《あや》めたとあっては絶対後悔することになる。

「……ぐぅ……るるるるッ」

時間にすれば数秒。

しかし長い葛藤《かっとう》の末、夜行は『撤退』を選んだ。

……けれど、タダで逃げるつもりも無かった。

半日も人を追い回し、あまつさえ片腕を奪ったこの剣士は――絶対に許さない。

「――グルルルァアッ‼」

全身をバネのようにしならせ、夜行は一瞬でクリスタへと肉薄《にくはく》する。

昼間とも、先程のジョーンズとの戦いにおけるものとも比較にさえならない速度に、クリスタの反応が遅れた。

「ぐあぁっ⁉」

辛うじて身を引くも、牙同様に鋭く伸びた爪で、マスクごと顔面を深く切り裂かれる。

肉を裂かれる激しい痛みに呻きながら、クリスタは数歩退き顔を押さえた。

その合間に、夜行は建物の屋根へと飛び移る。

そしてコートの袖に染み付いた血を滴らせつつ、吼えるように声を張った。

「地の果てまで追って来るって言ったよなぁ‼　じゃあそうしろ‼　どこまでも俺を追って来い‼」

逆立った髪を振り、妖しく輝く瞳を揺らめかせて、牙を剥《む》き出しに夜行は叫ぶ。

「くれてやったその傷を、鏡を見る度思い出せ‼　『切り裂きジョーンズ』ではなく、『俺』

に与えられたその傷を‼」

　露わとなった獣性が、その怒りを燃え盛らせる。

　手負いの獣は、敵《かたき》を断じて許しはしない。

「次に会ったその時に、俺はてめえを抉《えぐ》り！　裂き！　そして喰らい千切る‼　だからこそ、俺への恨《うら》みを決して忘れるな‼」

　このような場で、勇者と名乗ることは出来なかった。

　勇者の名は、華やかに飾られなければならなかったから。

　だから、恨みだけを刻み付ける。

　この場で殺せないのなら、次に殺すために。

　散々に人を苛《いら》つかせてくれた愚《おろ》か者に、消えない傷を、もう一度出会うために刻み込んだ。

「左腕の借りは――――何があろうと、絶対に返してやるからなァッ！！！」

　憎悪と怨嗟、そして憤怒《ふんぬ》。

　様々な負の感情が入り混じった宣言を最後に残して、夜風の中へと夜行は消えて行った。

　十数人もの警備隊員が現場に到着したのは、夜行が去ってから1分も経たない頃合い。

　しかしながら、既に全てが終わった後であった。

「ここだ！　人が倒れているぞ！」

「そこの者！　武器を捨て、ゆっくりと両手を挙げろ！」

壁を背に蹲《うずくま》る女性へと駆け寄る数人の隊員達。

残りは武器を手にしたクリスタを取り囲む。

「く……うッ……」

クリスタは地に膝を突き、痛みを堪えるように小さく呻き声を上げていた。

片手で押さえられた顔は俯《うつむ》いており、その表情は窺《うかが》えない。

剣を捨てる様子のないクリスタに、取り囲む警備隊の1人が業《ごう》を煮《に》やして再度怒鳴った。

「聞こえなかったか！　剣を捨てろ！」

「…………」

クリスタは響く怒声に、ピクリと肩を震わせた。

しかし剣を捨てることはなく、ただ腰の鞘に収め、そのままふらりと立ち上がる。

ピシッ……。

そんな亀裂音《きれつおん》が、鳴ること数回。

やがてクリスタが顔を上げるのと同時に、顔を覆うベネチアンマスクが割れる。

その素顔を見た警備隊員の1人が、目を見開いた。

「なッ……あ、貴女は……⁉」

痛みで苦悶《くもん》に歪められた顔の半分は、未だ当てられた手に隠れているけれど、それでも見間違える筈などなかった。

この帝国に住む者ならば、余程の辺境暮らしでもない限り絶対に知っている人物。

直接その姿を見たことがある者はさほど多くないが、肖像画に描かれた絵姿としてなら、誰もが一度は目にしているだろう。

現皇帝の溺愛《できあい》する、３人の娘達。

生来の病弱さゆえに、自室から殆ど出られない長女リスタル。

病に臥《ふ》せっている現皇帝に代わり、実質今の帝国を動かしている次女クリュス。

そして――皇族にして帝国でも五指に入ると謳《うた》われるほどの剣腕《けんわん》を持つ、三女がいる。

鮮やかな水色の髪。ラ・ヴァナ帝国の皇族だけが持つと言う、金色の瞳。

幾度となく見た肖像画のそれと、全く同じ容貌であった。

まさか、何故こんな所に。

そんなことを思いながらも、警備隊員はその名を口にする。

「ク……クリスティアーネ、様……⁉」

直《じき》に他の者達も気付き始めたのか、にわかに騒ぎ出す。

隊長らしき男が、はっとした風に慌てて周りに指示を出した。

「ば、馬鹿者！　早く武器を下ろせ！」

クリスタを――クリスティアーネを取り囲む隊員達は慌てて武装を解く。

こんな所に帝国皇女が1人で居る理由についても、すぐに察しがついた。

第3皇女クリスティアーネは、『正義』の2文字を掲げ、正体を隠しながら国内を回り賊《ぞく》退治を行っている。

それは、あまりにも有名な話だった。

男装とも見える格好をしたクリスティアーネを見遣り、噂は本当だったのかと目を瞬《またた》かせる隊員達。

が……彼女が傷を負っていることに今更ながら気付き、またも慌てふためいた。

「皇女殿下が傷を――っす、すぐに治療院の者を連れて来い！」

「殿下！　すぐに手当てを致します、どうかこちらへ！」

「――わたしはいい。それより、あちらの女性を頼む」

かぶりを振ったクリスティアーネのそんな呟きに、警備隊員達はそうも行かないと傷を見ようとするが、有無を言わさない態度で同じ言葉を繰り返され、従うほかなかった。

「………」

抉られるように切り裂かれた、じわりと熱を帯《お》びる顔の右半分。

目は無事のようだが、純粋に傷が深い。

……だが、所詮《しょせん》は治すことが出来る程度の傷だ。

きっと明日には、痕《あと》も残らず消えるだろう。

けれど――。

「この傷は消さない……望み通り、残しておいてやる……！」

い、あの男が『切り裂きジョーンズ』であるのかどうかさえ、もうどうでも良かった。

魔族と思《おぼ》しき異形《いぎょう》の獣。片腕こそ奪ったがまんまと逃げられ、傷まで与えられた。

この傷は、証《あかし》だ。

今日この日、今この瞬間に抱く怒りの証だ。

たとえどこまで逃げようと、必ず追いかけ追い詰めて、絶対にこの手で討ち取ってみせるという決意の証だ。

「名……確か、ヤコウ……」

こんな名だけでは、どこの誰とも分かりはしないが、そんなことなど関係ない。

探し出す。何があろうと、どんなことをしようと。

――それに加えて。

「まさか国内に、魔族が侵入していたとは……」

ビセッカに出没する殺人鬼を討ち取った後、クリスティアーネは帝都に戻る予定であった。

近く起こる魔族との戦争に参加するためだ。

しかし国内で魔族と遭遇したとあっては、話が変わってくる。

もう一度主要な都市を巡り、他にも水面下に潜む魔族の存在がないかを確かめなければなるまい。

「帝都には、クリュス姉さまが召喚した勇者も居る筈……わたしが居なくとも、そうそう魔族になど敗れはしないだろう」

同じ正義を志す者として、勇者達とは会ってみたかったが、しょうがない。

顔合わせはしばし先送りだ。これも国を守るため、民を守るためである。

「わたしはクリュス姉さまと違い、政《まつりごと》などさっぱりだからな……せめて姉さまの目が届かない地に蔓延《はびこ》る悪だけでも、裁かなければ」

やがて簡単な手当てを施され、担架《たんか》で治療院に運ばれて行く女性を見遣りながら、ふとクリスティアーネは、小さく首を傾げた。

「……倒れていたのは……1人、だったか……？」

「クリスティアーネ様！　被害者の女性は搬送《はんそう》させました、どうか貴女も手当てを！」

拝《おが》むように頭を下げてくる警備隊員の言葉に、思考を掻き消される。

そう、そうだ。確かに、あの場で倒れていたのは女性が１人だけだった。

そんな当たり前のことを、どうして自分は考えていたのだろうか。

傷を負ったクリスティアーネを護衛するかの如《ごと》く、彼女を取り巻く警備隊員達。

一行が去った後のその場には、無人の静寂だけが残される。

夜行に敗れ、倒れていた筈の赤い男。

『切り裂きジョーンズ』の姿は、影も形も無くなっていた。

Ψ

――ああ。

面白い。なんて面白いことになったのか。

たまたま『人形』の経過を見にビセッカに来てみれば、そこに居たのは勇者の１人。

せっかく転送魔法陣に乗った全員の思考を操作して、事故を装い僻地《へきち》に飛ばしてやったのに。

そのままどこぞで死んでいてくれたなら儲けものだったけれど。まさか、こんなに早く帰ってくるなんて。

……まあ、それはいい。

何せそれ以上に、面白いことになったのだから。

同じように第3皇女を町で見かけたので、ちょっとした悪戯《いたずら》のつもりで、心の中に囁いてやった。ヤコウ・イヌブシと相対した際、『彼は悪だ』と囁いてやった。

私がやったことは、言ってしまえばただそれだけ。

なのに、結果はどうだ。

厄介な力を持っていると踏んでいた勇者は、片腕をもがれた。

帝国最強クラスの力を持つ皇女は、顔に傷を刻まれた。恨みと怒りの込められた獣の傷だ。

禍根《かこん》と言うものは、形が伴うほどに強くなる。

鏡で傷跡を見る度に、片腕しかないことを不便に思う度に、あの2人が互いに向ける怒りや恨みは、強く強く育っていく。

時間をかけてたっぷりと熟成された憎悪を抱えた彼等が、再び出会ったらどうなるだろう。

それも次に出会う時は、きっと『勇者』と『皇女』としてだ。

否応無し《いやおうな》に、２人の対立は周囲を巻き込むことになる。

残りの勇者達だって、仲間に消えない傷を負わされたことを許しはしない筈。

取り分け第２皇女クリュスは、さぞかし苦悩することだろう。特にお気に入りの勇者が、可愛い妹の手によって隻腕《せきわん》とされたのだから。

その時の情景が、既に楽しみで仕方ない。

勇者の力は確かに強大だ。その勇名は瞬く間に広がるだろう。

だからこそ、あの２人が敵対することで出てくる影響もきっと計り知れない。

帝国内部がそうやって揺らいでくれれば、我々魔族にとって何よりの好機となる。

――帝国はこちらの動きをいち早く察知していた。

更にそれを悟られないよう、水面下で対策を取っていた。

現皇帝もそうだが、第２皇女の行動や決断の早さは、はっきり言って脱帽《だつぼう》ものだ。

集団とは本来大きくなればなるほど、動きが鈍くなるもの。無数の人間の明日を背負うことになる組織のトップも、当然腰は重くなっていく。

だが、第２皇女は一切判断を躊躇《ためら》わない。

並大抵の胆力《たんりょく》で出来ることではない。彼女は紛《まご》う事なき、王の器《うつわ》だ。

しかし……若すぎる。

弱冠《じゃっかん》21歳であそこまでの器量《きりょう》と度量を身に付けたことは驚嘆《きょうたん》に値するが、若さゆえに未熟な面も存在する。

彼女は気付いていないのだ。

帝国が水面下で動いていたように、魔族もまた、同様に動いていたことを。

自分達の行動が筒抜《つつぬ》けとなっていることを。

厄介な存在たる勇者達への対策も、こちらは刻々と進めている。

暗殺でも出来れば話は早かったけれど、不可能なものはしょうがない。

次善の策は、未だ準備に時間がかかってしまっているが、精々その時までの猶予《ゆうよ》期間を、たっぷりと楽しんでおくといい。

――それにしても。

やはり潜在能力を引き上げたところで、所詮ベースがただの人間では大した戦力にはならなかったか。

単なる殺人鬼程度では、1体作る苦労に、結果がまるで伴っていない。

戦力の向上は急務だと言うのに、どうしたものか。

どうせ『人形』を作るのなら、無茶の利く死体でも操った方がいいのかも知れないな……。

長い金髪を揺らし、糸目の彼女は呟いた。

「はぁ……難儀《なんぎ》なもので、御座います」

Ψ

ビセッカの町から抜け出し、傷付いた身体に鞭《むち》を打ちながら走り続けた夜行。

月も空の真上に昇ろうとしていたあたりでとうとう体力が尽き、まるで気絶するかのように眠った。

目を覚ましたのは、翌日の昼頃。

起きてすぐに見付けた川で水を呷《あお》り、猪《いのしし》を仕留め、その肉を炙《あぶ》りながら貪る。

そこでようやく気分が幾らか落ち着き、ガシガシと頭を掻きながら大きく息を吐いた。

「ふぅ……」

見れば長く乱雑に伸びた髪も、鋭く尖った牙や爪も、全て元に戻っている。

まるで何もかも、一夜の夢であったかのようだ。

「………」

だが、左肩を見れば、そこには本来ある筈の腕《もの》が、存在していない。

昨晩のことは現実に起きた出来事なのだと、認めるほかなかった。

ない。

「……参ったな」

そう呟く夜行の口調は、割と軽かった。

少なくとも、その声音からはクリスタと相対していた時のような激情はまるで感じられない。

……とは言え、ひと晩経って怒りや恨みが薄れたワケでもなかった。

単純に、テンションの切り替えがハッキリしているだけなのである。

当然だが、燃え盛るような憤怒を抱いている対象は、あの仮面の剣士クリスタだ。

矛先《ほこさき》を向けるべき相手も傍に居ないのに、苛立ちを撒《ま》き散らしても仕方のないこと。

全ての怒りは、もう一度クリスタと戦う時まで蓋《ふた》を閉じ、大事に取っておく。

そんな決心と共に、夜行は一瞬だけ、ぎりっと歯を軋ませた。

「はふ……や、マジでどうしよ」

それはさておき、今考えるべきは別のこと。

現在位置から帝都までは、最早そこまで遠くない。

もう少し休んでから出発するとして、恐らく夜には無事到着する。

で、ここから先が重要。

帝都に着く。

皆と合流する。

感動的再会を果たす。

――腕がないことに気付かれる。

「マサやちー君達に、なんと言ったもんか……」

クリスタとの一件を、一部始終話すことは躊躇われた。

何せ理由はどうあれ、この大事な時期に街中で暴れ回ったのだ。

どうにも、バツが悪い。

「幾ら怪我の回復が早くても、失くなった腕までは生えてこねーもんなぁ……」

獣らしく回復能力はある程度高まっているが、あくまで『回復』の範疇《はんちゅう》。カニではないのだから、欠損《けっそん》した四肢が再生などする筈も無かった。

「クソ！　俺が蟹《かに》座生まれだったなら……！」

結構真剣に悔しがっているけれど、そう言う問題では決してない。

ちなみに夜行は獅子《しし》座。８月５日生まれである。

何にせよ、先程猪を仕留め、捌《さば》く時も何かと不便で仕方なかった。

触れただけで骨も断つような切れ味を誇る『娼啜』のお陰で、どうにかなったのである。

余談だが猪を捌く際、この刀は扱われ方に不満があるのかブーイングを飛ばしていた。

妖刀の影響を現状全く受けていない夜行は、気にも留めなかったが。

「……はぁ。悩んで何か思いつくような頭だったら、定期試験で赤点取ることもないか」

ともかく、お世辞にも良いとは言えない頭を回したところで、腕が生えてくるワケでもない。

「ま、こんなトコで悩んでても何も変わらんし……失くなったもんはしょうがないとまでは流石に言えんが、今は」

今は、悩むよりも先を急ぐべきだった。

あの馬鹿剣士の所為で忘れかけてたけど、魔族との戦争はもう目前に迫ってる。

この際片腕だろうと構わない。一刻も早く帝都まで戻って、俺自身も戦支度《いくさじたく》を始めなければ。

それこそが、夜行がクリュスと交わした約束事なのだから。

何より、腕1本までこうして失ったのだ。何が何でも、報酬はキッチリと頂く。

「レッツゴー帝都！　10日振りの帰還！」

血の臭いが染み付いていたので、洗って乾かしていた服を着込み、バサリと裾を翻す。

まだ少し濡《ぬ》れていたが、走っていればその内に水気も飛ぶだろう。

「クラスにも目醒めたことだし、大手を振って帰れるってもんだ！　振れる手は片方しかないけどな！」

笑えないジョークだったが、聞いている者が居ないとかえって虚しいものである。

ともあれ、肉を食うことで腹ごしらえと失った血の補給を終えた夜行は、意気揚々《いきようよう》と、帝都へ続く最後の道のりを歩き始めるのだった。

逆方向に。

「――あ、違う違うこっちだった」

Ψ

……思えば、随分長い旅路でした。

最初は、この世で考えうる限り最悪の蟲《むし》だらけ地獄へと迷い込んだ。

やっとの思いでそこから抜け出せたかと思えば、エルフに対する概念《がいねん》を粉々に砕かれた。

ちんちくりんの宗教家には危うく洗脳されかけ、隣人への愛と助け合い精神を説く敬虔《けいけん》な信者になるところだったし。

結婚詐欺で自殺を図っていた女性が首を吊るのを8回、崖から飛び降りようとするのを5回阻止した。たった2日間で。

豪華な外観をしてたのに妙に安かった宿屋は幽霊屋敷で、妖刀引っ下げゴーストバスターごっこもやった。

トドメとばかりに、昨日の惨事である。

いっそ呪われてるとでも言われた方が納得の出来る、最高に最悪な10日間だった。

――だが！

「それももう終わりだ！」

夜の帳《とばり》が落ちきった、満月の下に晒《さら》された蒼い月夜。

無駄にテンションが高くなるのは、きっとまん丸の月を見上げているから、だけじゃない。

視界の向こうに小さく映る、大きな大きな都の姿。人間界最大の大国、『ラ・ヴァナ帝国』が誇りし首都。

焦《こ》がれた帝都が、ついにこの目に見えたのだから。

「ただいま帝都！　お帰り俺！」

逸《はや》る思いと、高揚する気分を押さえきれず、未だ距離にして数キロはあるだろう帝都に向け、夜行は一気に駆け出した。

姿勢は低く、まるで地を這《は》う獣のよう。

異常なほど軽い肉体に安定感を持たせるには、重心を出来るだけ低く置いた方がいい。

この10日間で身に付けた、速く走るためのスタイルだった。

速く、速く、けれど静かに。尋常《じんじょう》でないスピードで走れば、瞬く間に帝都と外とを隔てる外壁が近付いてくる。

門の前には、当然だが番兵が立っていた。

数は２人。どうやら、片方は既に夜行に気付いている。

どうするかと少し考えた後、夜行はにぃと口角を吊り上げた。

折角だ。手土産がてら、少し驚かせてやろう。

「クソッ止まれ！　止まらんか！」

番兵の怒声が耳に届くも、止まらない。

それどころか、更に加速する夜行。

もう門までの距離は、目と鼻の先だった。

２人の番兵はそれぞれ武器を手に取り、夜行を迎え撃とうと身構える。

そんな彼等の間合いへと、踏み込んでしまう１歩手前。そのタイミングで夜行は、大きく足を踏み込み跳躍した。

「ヒャッハハハハハハハハ‼」

都市の周囲に張り巡らされた、高さにして15メートルは下らないその外壁を、響き渡る高笑いと共に、ただのひと跳びで越える。

――吹き抜ける風、その感触。

壁の向こうに広がる、巨大にして整然とした街並み。

「あぁ……この景色！　この風！　この肌触り！」

蒼い夜の中でひと際異彩《いさい》を放つ、紅いコートを翻し、綺麗に並んだレンガの地面へ、ふわりと音も無く降り立つ。

「ようやく帰ってきた……ここが本当のスタートラインだ‼」

月を見上げ、右腕を広げ天を仰ぎ、吼えるような声音で、夜行は高らかに叫ぶのだった。

――そして、その数分後。

「いやあのですねおまわりさん。外壁跳び越えたのは悪いと思ってますよ、正味の話」

「言い訳はいいから、キリキリ歩け！」

「ちょっとテンション上がってたって言うか、若気《わかげ》の至りって言いますか……」

「話は詰《つ》め所で聞いてやる。カツ丼食うか？」

当然だが、侵入者として捕らえられた夜行であった。

Ψ

「どうもー！　この度めでたく帝都帰還と相成《あいな》りました、危うく前科一犯になるところだった勇者、夜行くんでーす！　ただいま皆！　キラッ☆」

「………………」

――やべえ、外した。

自分へと向けられた視線は、その全てが突き刺さるよう。

流れるのは、耳が痛むほどの気まずい静寂。

横ピース&ウインクでポーズを決めた夜行は、その笑みを引き攣《つ》らせ、内心、冷や汗をかきまくっていた。

「……キ、キラッ☆」

だが、やってしまった以上もう後には引けず、再びくるっと回転してポーズを取る。

それを見るクリュス達の目は――やはり、痛々しいものだった。

「……戌っち……流石にそりゃねーよ……」

「素直に、謝った方が……良かったと思う……」

平助《へいすけ》とサクラの放った言葉が、見えない杭《くい》となって深々と突き刺さる。

全くもって、2人の言う通りであった。

……分かっている。夜行自身、そんなことは百も承知なのだ。

しかし、承知したのは行動を実行に移してしまった後なのだから、もうどうしようもない。

後悔先に立たず。その意味を、嫌と言うほど痛感した瞬間だった。

とは言え、流石に三度目に挑戦する勇気までは持てず、やがてぎこちない動きでポーズを解く夜行。

そしてこの上なくバツが悪そうに、10日振りに会う仲間達を見渡した。

——帝都を前にして鰻上《うなぎのぼ》りとなったテンションで、思わず外壁を跳び越え街に侵入。

そのまま夜警の兵士達にとっ捕まり、詰め所へと連行。

取調室で熱々のカツ丼をご馳走《ちそう》になりながら、職務質問に答える代わりにパーソナルカードを提示。

結果、宮殿に縁《ゆかり》ある者だと判明し、厳重注意を受けた後に身柄の引き渡しが行われた。

ドジッ子警備兵が数を間違えて注文してしまったカツ丼を手土産に、ようやく仲間との再会を果たしたのである。

そんな、あまりに感動もへったくれも無い状況だったもので、せめてウケを狙ったのが何よりの過《あやま》ちだった。

本来なら手を取り合い、涙を交えて無事を喜ばれても、全くオーバーではない帰還であったのに。

行動が裏目裏目に出て、冷たい目を向けられることになってしまった。

「……う……ぐ」

皆々の視線に込められているのは、無言の圧力ではない。はたまた、静かなる怒りでもない。

ただ純粋な……遣る瀬《やせ》無さだけが、一杯に詰まっていた。

……とにかく、夜行は選択肢をこの上なく間違えたのである。

ギャルゲーで言うところの、選んだ瞬間どう足掻《あが》いてもバッドエンド直行ぐらいにミスった。

余程の事態でもふわふわ笑っているはずの、躑躅《つつじ》の表情までもが死んでいるあたり、直前の選択肢までクイックロードしたくなるレベルだった。

怖い。皆の無表情が怖い。

「……夜行……」

――やがて。

クッと眼鏡を上げながら、雅近が真っ直ぐに夜行へと歩み寄って行く。眼鏡が光を反射して、その表情は窺えない。

親友の様子に固唾《かたず》を呑みつつ、夜行は1歩も動けずにいた。

予期せぬ事故だったとは言え、行方知れずとなってからの10日間。その間、皆には大層心配をかけていた筈。

特に古い付き合いになる雅近や千影、異性の中では最も親しい九々と躑躅。

彼等彼女等がどれほどの思いでいたかなど、夜行にはおよそ想像もつかなかった。

きっと夜も眠れず、ひたすら無事を祈ってくれていたに違いない。

食って騒いで、麻雀《マージャン》や王様ゲームに興じながらテキトーに帰りを待ってたとか、そんなの有り得ない話だ。

なのに、心配されていた当の本人は蓋を開ければこの有様。

馬鹿をやって帰ってきた夜行は、怒鳴られても殴られても文句は言えないと顔を俯かせた。

そんな夜行の肩に雅近がぽんと手を置いて、大きく大きく溜息を吐いた後に、淡々と告げた。

「――もう1回チャンスをやる。入室からやり直していいぞ」

「いっそ怒鳴られるか殴られるかした方が救われたよ俺はッ‼」

告げられたのは、まさかのクイックロード許可。

出来ることならば……とは確かに思ったけれど。思ったけれど、これはない。

涙声で叫びながら、その場に泣き崩れる夜行。

さながら心を膝蹴りで折られた末、踏み砕かれた気分だった。

「はいもう1回！　もう1回！　ハイハイハイハイ」

「いいよ！　やらないよ！」

「夜行君の！　ちょっといいトコ見てみたい！　ハイハイハイハイもう1回！」

「いっそ殺せよぉぉぉぉッ！！！！」

合いの手を打ちながら雅近に要求されるリテイクに、夜行は心の底から叫んだ。

最早、完全に遊ばれている。

――その様子を流石に哀れんだのか、てててっと夜行に駆け寄る影がひとつ。

「ヤコウ様……」

クリュスは泣き崩れる夜行の前で丁寧に膝を折り、視線の高さを合わせると、眠たげな目つきの中に慈悲《じひ》を潜ませ、じっと見遣った。

浮かべた優しい笑みは、姉や母親を思わせる。

外見の幼さとは裏腹なその表情《かお》に、夜行の目が少しだけ見開かれた。

10日間の中で蓄積された疲労や、ストレスの所為だろう。

前より少し肌が荒れた夜行の頬をそっと撫でて、慈《いつく》しむような声音で囁くクリュス。

「……そのカツ丼、食べないなら頂いてもよろしいですか?」

「!?」

くきゅるるる。

可愛らしく響いた腹の虫に、再び泣きかけた夜行であった。

「しかし、無事で本当に良かったぜ」

美味い美味いと言いながらカツ丼を掻き込むクリュスはさておき、仕切り直すように空気を一変させる千影。

20人は掛けられるだろう長椅子にそれぞれ座り、再会を喜ぶ。

「全くだ……お前が居なくなってからと言うもの、食事も喉を通らなかった」

「私も、ですよ……戌伏君……無事で、本当に良かった……!」

「……戌伏……おかえり」

「俺っち達、ずっと心配してたんだぜ!」

「みんな……!」

雅近、躑躅、サクラ、平助の温かい言葉に、何故だか夜行の視界が歪む。

これでは皆の顔が見えなくなってしまうと、目を袖で拭《ぬぐ》った。

そんな彼等をジト目で遠巻きにしながら、九々がボソッと呟く。

「どの口が言うんだか……さっきまでツイスターやって――もごごっ⁉」

要《い》らんことを言いかけた彼女の口を、近くに居た躑躅が素早く手で塞いだ。

もごもご唸《うな》っている九々を押さえつけるその様子に、首を傾げる夜行。

「何やってんの？　てか、今委員長何か言ってなかった？」

「そんなことはねぇ！　そんなことはねぇぞヤコ！」

ブンブンと首を横に振る千影。

「いや、ツイスターがどうとかって確かに……」

「ツ、ツイてた！　雪代さんは、戌伏君が無事に帰って来られてツイてたって言ったんです！」

明らかに狼狽《ろうばい》しながら、九々の発言を誤魔化そうとする躑躅。

どう見ても疑わしい光景だったが、夜行は特に疑問を抱くことも無く「そうか」と頷くだけだった。

千影とサクラも続く。

「委員長は、アレだ！　特に夜行を心配していたからな！」

「……心配で、薄い胸が裂けそうって……言ってた、ような気が、しないでもない、かも……めいびー」

実際は、唯一夜行を普通に心配していた、とでも言い換えた方が的確である。

口と一緒に鼻まで押さえられた所為で息も出来なかった九々は、必死に暴れた末、拘束を振り解《ほど》いた。

「──っぷは！　ちょ、鳳龍院《ほうろんいん》さん私を殺す気⁉　そして誰が薄い胸よ！　こ……こ、これでも、Bはあるんだから‼」

「ダウトォ！　俺っちの魔眼《まがん》は誤魔化せねぇ、委員長はどう見ても72、50、72のA──」

乙女《おとめ》の逆鱗《げきりん》に触れた愚か者が、言葉半ばで全身を撃ち抜かれ、そのまま壁にめり込む。

平助をスコープから覗き込む九々の目は、正真正銘殺し屋のそれだった。

「アンタが女の敵って言われる理由がよぉく分かったわよ！　今度余計なこと言ったら、そのご自慢の魔眼とやらを撃ち抜くからね！」

「い……いえっさー……」

ガクリと力尽き、壁の装飾と化す平助。しかし、何かとめり込むことの多い男である。

「アホが1人逝《い》ったか……これで残りはバカが2人、少しは静かになる」

「「バカ2人って誰のことだ‼」」

声を揃えて怒鳴る夜行と千影に、それが答えとばかりに鼻で笑う雅近。

どうでもいいが、どんどん話が脱線している。纏め役らしい纏め役の居ない彼等が集まると、中々話が前に進まないのだ。

千影達からすれば、話題を逸らすことには成功したのだろうが、肝心の本題まで遠退《とおの》いている。

最終的にはただの雑談会と化した場が再び仕切り直されたのは、それなりに量があったカツ丼を平らげたクリュスが、食後のお茶を飲み終えてからであった。

「『月狼《ルナ・ウルフ》』……これがヤコウ様のクラスですか、へほーん」

「なんだそのへほーんって」

夜行の膝に座り、パーソナルカードを手でくるくる弄びながら、我が物顔で寛《くつろ》いでいるクリュス。

その向かい側では、サクラがテーブルに置いた抜き身の『娼啜』を見下ろしていた。

「確かに、妖刀……でも、それと同じくらい名刀……ちょうど脇差が欲しかったのよ、ね」

「やらんぞ、俺のだ」

少し残念そうな顔をするサクラから『娼啜』を取り返し、後ろ腰の鞘に戻す夜行。

流石に『侍』だけあって、サクラは妖刀への耐性も持っているらしい。

「月の狼と書いて、ルナ・ウルフ……やはり月齢の影響を受けるのか、夜行？」

雅近が尋ねた。

「それなりに。満月に近付くほど、戦闘時の獣性が増しやすくなる程度には」

夜行にとって、獣性イコール戦闘能力と言ってもいい。

つまり月が満ちるほどに、その力は上昇しやすくなるということになる。

「……力の振《ふ》れ幅《はば》が大きいのは、少々使い勝手が悪いな。技《アーツ》の方も、直接的な攻撃力は無いのだろう？」

「『軽業《アクロバット》マスタリー』だし、あくまで移動や回避系だぁね。その代わり『ムーンウォーカー』のお陰で、かかる負荷は激減してるけど」

「受ける重力の影響が月面と同じ、か……軽過ぎる身体と言うのも一長一短だが、筋力の方はどうなっているんだ？」

たとえ一切の運動をしなくとも、人体には常に重力分の負荷がかかっているため、筋力は最低限保たれる。

しかしその重力が軽減したのなら、やがて筋力は衰えていく。

理屈としてはそんなところなのだが、夜行に小難しい説明をしても理解できないだろうと思い、出来るだけ簡単に雅近は尋ねたのである。

「筋力？　レベルが上がればちょっと増えるぐらいで、他には何も」

「……低重力下での筋力保持も、技能《スキル》の見えざる恩恵と言うワケか」

クラスの覚醒から10日も経っているなら、既に変化は始まっている筈。

頭はあまり良くないが、その分感覚派の夜行のことだ。何か異変があれば、理屈は分からずとも感じ取っていることだろう。

『ムーンウォーカー』により筋力が下がることは恐らく無いと、雅近は1人頷いた。

すると九々が口を挟む。

「でも、話を聞く限りじゃ力が上がるほど凶暴になって、制御が利かなくなるんでしょ？　大丈夫なの、それ」

「制御が利かなくなるってか……する気が無くなるんだよね、全く」

「……そいつはある種、出来ないよりタチが悪いな。上昇した力により凶暴な意思を植え付けられるのではなく、夜行自身が力の高まりに比例して凶暴化しているのだろう」

その上、防御力は文字通りの紙。身体が軽過ぎてモーションを大きく取らなければ、折角の機動力も十全には発揮できないという隙もある。

そして性格が凶暴化するということは、即《すなわ》ち思考力や判断力は大きく低下する。

しかし……どんな強敵が相手でも、どんな絶望的な状況に追い込まれても、そうやって追い込まれるほど戦闘能力自体は跳ね上がる。

要するにいつ如何《いか》なる時だろうと、それがまっとうな戦いであれば、勝利、生還《せいかん》出来る可能性を持った力なのだ。

「ピーキーな上にリスキーな力だが……正面きっての戦闘で絶対に勝てない敵がほぼ存在しない、と言うのは大きいか」

「ロマンじゃねえか！　尖ったカスタマイズは王道だぜ！」

静かに頷く雅近に対し、ガハハと笑いながら、丸太のような腕を振り上げる千影。

そう言えばこの男、格ゲーなどでも何かと一点特化タイプのキャラを好んで使っていた。

「まあロマン云々はともかく……誰かと組んで戦うなら、委員長あたりと相性が良さそうだ。視力のいい彼女なら夜行の動きでも目が追いつくだろうし、万一暴走しても遥か後方に居れば、取り立てて被害はない」

タガが外れれば敵味方構わず暴れ回る獣と、遠方から正確に敵を撃つガンナー。

なるほど、中々絵になる組み合わせである。

「オレ達の戦う相手は、曲がりなりにも軍隊だ。どれだけ力を得ようと、個人で数の暴力に抗《あらが》い続けることは極めて難しい。１人で突っ込むような真似だけはしないでくれよ、夜行」

「分かってるって……分かってるけど、保証はしかねる」

何せ下手すれば１人の敵と相対するだけで、気分がハジけてしまうのだ。

視界を覆い尽くす無数の敵軍など目にしたら、どこまで耐えられるか。

そう考え込んでいる内、夜行の膝に陣取っていたクリュスがパーソナルカードを見終わったのか、身体の向きを変える。

一見すると正面から抱き付いている姿勢で、じっと夜行を見上げるクリュス。

「……やっぱり、聞いたことの無いクラスですねー。わたし、これでも古今東西に発見された全てのクラスの３割くらいは覚えてるんですけど」

「半分も覚えてないじゃない……て言うかその体勢、戌伏君が犯罪者に見えてくるから止めて欲しいんだけど」

九々の嫌悪感《けんおかん》丸出しの呟きを気にした様子も無く、クリュスは夜行を眠たげな瞳で見続ける。

輝くような金色の瞳に、夜行の顔がしっかりと映り込んでいた。

「魔術殿の図書館で調べさせておきましょう。過去に同じクラスを持っていた者のデータがあれば、多少はコントロールする術《すべ》が見付かるかも知れないです」

「そっか……じゃあ頼むわ、姫さん」

お任せ下さいと頷いた後、カードを返して夜行の膝から降りるクリュス。

その後に小さく欠伸《あくび》して、目尻《めじり》の垂《た》れ下がった目を更に細めた。

「では、夜も遅いですすし今日はお開きと言うことで。ヤコウ様も長い道中でお疲れでしょうし、ゆっくりお休み下さい」

彼女の言葉に各々頷き、席を立つ一同。

――しかし雅近だけは、椅子に腰掛けたままだった。

まだ話すことがあるとばかりに、トントンと机を叩く。

「ん？　どした、伊達《だて》」

「伊達君……どうかしたんですか？」

そう尋ねる千影や躑躅の声には答えることなく、肘を突いて指を組み、硬い口調で雅近は問う。

「……まさか、何も言わずに済ませる気か？　夜行」

最初に夜行の姿を見た時から気付き、ずっと説明されるのを待っていたこと。

「お前……その左腕は、どうした？」

淡々とした、静かな問いかけを聞き、全員の目が一斉に夜行へと向けられる。

更に細かく言うのであれば……コート袖に包まれた、その左腕に。

「……え、えっと」

そんな視線を避けるように、たじろぎつつも数歩あとずさる夜行。

咄嗟《とっさ》に左肩へ添えられた右手は、まるで庇《かば》うが如《ごと》き仕草だった。

その動きを目にした雅近の双眸《そうぼう》が、僅かながらも険《けわ》しいものへと変わって行く。

「どうやら……オレの見間違いでは、無いらしいな」

「……伊達、何の話をしてるんだ？　俺様達にも分かるように言ってくれ」

「…………」

首を傾げる千影を尻目に、雅近はゆっくりと席を立った。

じっと夜行を正面から見据えつつ、気まずそうに目線を逸らす夜行の前まで歩く。

そしてクッと眼鏡を上げながら、有無を言わせないような声音で告げた。

「——脱げ、夜行」

「ぶはぅっ‼」

「きゃッ⁉」

瞬間、奇妙な叫び声を上げたサクラが両手で顔を押さえ、そのすぐ横に立っていた九々がびくっと肩を震わせた。

一方、唐突な雅近の言葉に、視線を右往左往《うおうさおう》させ作り笑いを浮かべる夜行。

その頬には、冷や汗がひと筋伝っていた。

「……は、ははは……やだなーマサ、何だってそんな……ぬ、脱いだら寒いし……」

「今は夏だ」

「ぐ、ぅ……く、ふふ、くふふふ……不意打ちだったわ、こんちくしょう……」

「鼻血が出てるんだけど、美作《みまさか》さん……」

指の隙間からぼたぼたと真っ赤な血を零《こぼ》しながらも、目を爛々《らんらん》と輝かせ不気味に笑うサクラと、それを見て引き気味の九々。

少しばかり眉間に皺を寄せてから、雅近が再び言葉を放つ。

「脱げ、夜行。言うことを聞かないのなら、力尽くだぞ」

「がっふぉッ！！」

「ちょっ、美作さん⁉　凄まじい勢いで血溜りが出来てるんだけど⁉」

およそ女子が出すべきではない声と共に、更に血を噴き出すサクラ。さながら爆発したかのような勢いで出血する様子に、九々は慌てふためいた。

「………」

女子２人の良く分からない反応はさておき、普段はあまり物事を強制してくることの無い雅近の、静かながらも強い口調。

それに対し、夜行は躊躇うように顔を俯かせて、肩に添えた手をぎゅっと握り締めた。

「……ハァ」

そのまま口を開く様子もコートを脱ぐ素振りも見せない夜行に、やがて業を煮やしたのか大きく嘆息した後、雅近は躑躅へと向き直った。

「鳳龍院、夜行の服を。手荒な真似はしたくないが、仕方ない」

「え？　あ、はい……分かりました」

指示されたことの真意が分からず、頭上に疑問符を浮かべながらも、きっとそれを聞き返すより、言う通りにした方が早いと考えて素直に頷く躑躅。

俯く夜行へと、手を伸ばす。

２人の間には３メートルほどの距離があり、伸ばした手が届くことは無い。

だがそんなことを意に介した風も無く、細く形の整った指先でぎゅっと空を掴む。

それと同時に、躑躅は技《アーツ》を発動させた。

「――『防具強奪《ディフェンサー・シーズ》』」

それは、まさに一瞬の出来事だった。

紛れも無く夜行が身に纏っていた筈の、エルフの村で手に入れたダークレッドのコート。

そしてその下に着ていた、レースのような肌触りを持つ薄手の黒い長袖シャツ。

2つの衣服が夜行のもとから消え去り、奪い取られる瞬間さえ分からないまま、届く筈の無い躑躅の手へと収まっていた。

「ん……？　って、はぁっ⁉」

身体に全く触れられること無く、気付けばいきなり上半身裸となっていた夜行。

そのことに1秒ほど遅れて気付き、素っ頓狂《すっとんきょう》な声を上げた。

「え、ちょ、なにこれ⁉　何が起きたのこれ⁉」

「『防具強奪《ディフェンサー・シーズ》』です。対象から防具や衣服を奪い取る技《アーツ》で、対人戦だとかなり便利なんで——ッ⁉」

まるで覚えたての手品を成功させた子供のようにクスクスと笑い、夜行から奪い取ったコートを抱いて種を明かす躑躅だったが——それも半ばの内に、声が不自然に途切れた。

「……え……え？」

「なッ……⁉」

それを見た九々や千影もまた、目を見開き絶句する。

鼻血が収まったサクラも、少し遅れてそれを視界に収め、息を呑んだ。

「…………ッ!!」

取り分け大きな反応を示したのは、クリュスであった。

いつも眠たげだった金色の瞳の中で、キュッと瞳孔が引き絞られ、喉の奥から、出し損なった悲鳴のような音が鳴る。

「……夜行。洗い浚《ざら》い、話してもらうぞ」

ぎりっと歯を軋ませ、雅近は淡々と問う。

冷たい、氷のような声音に込められたのは怒りか悲しみか。

二の腕の半ばほどから欠け、刻まれた鋭利な傷口は止血のために焼かれ、その所為で爛《ただ》れている。

痛々しい。そんな言葉では到底語れない左腕の惨状に、皆の視線は集中していた。

夜行は全てを話した。

先程、自分が目醒めたクラスについて説明するついでに語った、帝都へと戻る道中に起きた出来事――そこから意図的に省《はぶ》いていたビセッカの町でのことを。

あの町で出会った、人の話に耳を貸さない仮面の剣士。

些細《ささい》な誤解から町で悪事を働く殺人鬼と間違われ、追い回されること半日。

ようやく振り切った後、件《くだん》の殺人鬼と遭遇し、これを撃退したまでは良かった。

しかし執念《しゅうねん》深く追って来た仮面の剣士に不意を突かれてしまい、腕を斬り落とされ、それればかりか灰も残さず燃やされた。

まだ傷もロクに癒えていない左腕を、そっと撫でる夜行。

簡潔《かんけつ》に全てを語った夜行の耳にまず届いたのは、千影の怒声だった。

「なんだそりゃ……なんだよそりゃあ!!　勘違いで腕ぇ斬られた!?　ふざけんのも大概《たいがい》にしやがれ!!」

怒りのままに振り下ろされた拳が、部屋の中央にある長机を砕く。

けれど、そんな千影の行いを咎《とが》める者は、誰も居なかった。

「……最低……屑《くず》以下」

「信じらんない……ッ!!　どこまで、どこまで身勝手なのよ、その剣士は！」

かぶりを振って吐き捨てるサクラと、嫌悪や不愉快を隠そうともしない九々。

人の話を聞こうともせず、一方的に悪だと断言し、あまつさえ本物の殺人鬼を打ち倒した夜行の腕を斬り落とした。

一連の行い、振る舞いを簡単に聞いただけでも、そうした評価を下すには十分過ぎるほどであった。

「戌伏君の、腕を……──許せない……ッ」

躑躅の顔からは、笑みが消えていた。

大事な友人に与えられた、一生ものの傷を昏《くら》い瞳の中に映し、持ち得るだけの呪詛《じゅそ》を込めたような重く冷たい呟きを、誰にも聞こえないほどの小声で繰り返していた。

……そして、その仮面の剣士への怒りと同じくらい、彼等は己を恥じてもいた。

死にそうな目に遭いながらも、片腕を失いながらも、夜行は一刻も早く帝都へ戻ろうとしていた。

それなのに自分達ときたら、遊び呆けて待っていたのだから。

最初に飛ばされたと言うAランクダンジョンでも、ビセッカでの一件でも、何か1歩でも間違えれば、夜行は死んでいただろう。

声も届かない遠い場所に居た夜行のため、彼等に何かが出来たとは思えない。

しかし、無事を祈ることぐらいは出来た筈だった。

にも拘らず、その内無事にひょっこり帰ってくるだろうと、完全に高を括《くく》っていた。

自分達の置かれている状況を、遊びの延長のようなものと、心の何処かで楽観視していたのだ。

これでもし夜行が死んでいたら、彼等はきっと自分を一生許せなかっただろう。

結果的には生きて帰ってきてくれたが、片腕を失くした痛々しいその姿を見てしまえば、自己嫌悪のひとつも抱いてしまうのは、当然のことであった。

「…………」

各々が怒りに震える中、クリュスは1人下を向いて黙りこくっていた。

ぎゅっとスカートの裾を握り締めている彼女に、夜行が首を掻きながら歩み寄る。

「……その、済まない姫さん。今が一番大事な時期だってのに、騒ぎを起こしちまって……」

来《きた》るべき開戦の時まで、決してその存在が衆目《しゅうもく》に晒されることの無いように、クリュスが細心の注意を払っていたことぐらい、頭の悪い夜行だって理解していた。

だが今回、それを台無しにしてしまいかねないことをした。

それが後ろめたくて、夜行は腕のことも、ビセッカでのことも、話せなかったのだ。

怒られるかと思いながらクリュスの言葉を待つ夜行だったが、ゆっくりと持ち上げられた彼女の顔を見て、驚きのあまり目を見開いた。

「謝らないと、いけないのはッ……わたしの、ほうです……ッ！」

いつもどこか眠そうで、マイペースを貫いているクリュスが、ぼろぼろと大粒の涙を零して、泣きじゃくっていたのだから。

「わたしがもっと……ッ、もっと早くに、気付いてればぁ！　ヤコウ様の腕、なくなら、なかった……なくならなかったのにぃッ‼」

「ちょ、姫さん⁉　別に姫さんが悪いって話でもねーんだから、んな泣かなくても！」

「ごめんなさいヤコウ様ぁッ……！　ごめんなさい、ごめんなさいッ……‼」

外見相応の少女のように嗚咽《おえつ》を漏らし、ひたすらに謝罪の言葉を重ねるクリュス。

別に謝って欲しかったワケではない夜行は、狼狽しながらもクリュスを宥《なだ》めようとする。

が、傍に近寄ったところで、未だ服を着ていなかった夜行の焼け爛れた左腕をクリュスは間近で直視してしまう。

結果として、余計に大泣きを始めた彼女を落ち着けるために、かなりの時間を必要としたのであった。

「……では皆様、今度こそお開きと言うことで。ヤコウ様はわたしと一緒に医術殿へ行き、傷の手当てを」

「ああ……」

まだ少し目の赤いクリュスに手を引かれ、夜行は疲れた声を出しながらも頷いた。

他の面子《メンツ》もまた頷き、1人ずつ部屋を出て行く。

——それぞれまだ話すこと、話したいことはあったけれど、それは後日に回すこととなった。

夜行は腕を直接火で焼いたため、傷こそ完全に塞がっていたが、酷い火傷を負っていたのだ。

速やかに治療と、然《しか》るべき処置を受ける必要があった。

「……では戍伏君……また、明日」

「お休み、鳳龍院さん」

ぺこりと一礼し、最後の躑躅が部屋を出た後。

夜行もまた、クリュスと共に退室する。

「夜行」

扉を抜けると、そのすぐ傍で壁に寄りかかっていた雅近に声を掛けられた。彼は普段通りのどこか気力に欠けた口調で、最後にひとつ、と前置きしてから短く問う。

「……お前……どうするつもりだ？」

「どうって、何が？」

「決まっている。お前から左腕を奪った馬鹿を――どうするつもりかと、聞いている」

夜行の空《から》っぽの袖へと視線を向けた雅近が、どんな真意を持って尋ねたのかは分からない。

雅近の眉間にこれでもかと言うくらい皺が寄せられているのを見て、夜行は少しだけ間を置いた。

「――借りは返すさ。絶対にな」

すれ違う間際に小さく、けれど強く深く感情の篭《こも》った声音でそう言った。

それを聞いた雅近は、クリュスに連れられ振り返ることなく歩いて行く夜行の背を、じっと見つめた。

「……そうか」

険しげな面持《おもも》ちを少し和《やわ》らげると、誰とも無しにひとつ頷く。

そして雅近は満足そうに踵《きびす》を返し、自身も部屋へと戻るのであった。

Ψ

「……だ、誰か……そろそろ、助けて……」

すっかり忘れ去られ、壁にめり込んだまま放置された平助。

彼が救出されたのは数時間後のことだった。

「全く、何を考えているんですか本当に」

宮殿敷地内南側にある『医術殿』個室病棟の一室。

ベッドに腰掛け、上着を脱ぎ、焼け爛れた左腕を差し出しながら、夜行は手当てをしてくれる治癒師《ヒーラー》の女性から、小言を受けていた。

「止血のためとは言え、傷口を直火《じかび》で焼くなんて……」

「……あー。何か、まずかったんすか？」

「当たり前です！　そもそもが最も原始的な消毒と止血の方法な上、普通は金属を熱してそれを押し当てるんですよ⁉」

角《つの》を出すような勢いで叱りつつも、治癒師は傷口へと手を翳《かざ》し、そこから淡く光を放つ。

『治癒魔法マスタリー』。

治癒師《ヒーラー》系統のクラスを持つ者のみに発現し、確率的にはおよそ２００人に１人程度しか持たない、それなりに稀少《きしょう》な魔法の習得を許される技能《スキル》である。

持って生まれれば、まず職にあぶれることの無い『マスタリー系』技能《スキル》だった。

焼くことで無理矢理に止血され、一部炭化して黒ずんでいた腕が、治癒の光に晒されることでゆっくりと、しかし目に見える速さで、優しく癒やされていく。

魔力を拒絶する体質である夜行には本来、この手の魔力による治療は有効に働かない。

全ての魔力を異物として即座に体外へと弾き出してしまい、干渉《かんしょう》を阻害してしまうのだ。

弾かれる魔力よりも多く、拒絶の限界値以上にまで注ぎ込めば、その限りでもない。

しかし当然ながら効率は酷く悪い上、過回復を起こし逆に肉体にダメージを与える恐れがあるため、余程の緊急時以外に使われる手段ではなかった。

だが、何事にも例外と言うものは存在する。

それこそが中和剤であった。

『魔界』と『人間界』の界境付近に咲く、稀少な花から抽出《ちゅうしゅつ》される成分を精製することで作られるこの中和剤は、飲用することで肉体の拒絶反応が弱まり、一時的に魔力を弾かなくなる。

あたかも水と油を馴染《なじ》ませる、界面活性剤のような働きをしてくれるのだ。

原材料が稀少で量産が難しく、値段の張る代物であるが、界境に面しており、更には『人間界』随一の経済力を誇るラ・ヴァナ帝国であれば、入手することはそれほど難しくなかった。

とは言え、効力を発揮するのは精々数時間。

しかも連続使用すると抗体が作られてしまい、一度飲用したら最低でも数日は間を置く必要がある。

なので日常的な拒絶体質の改善には使えず、あくまで今回のような魔法による怪我の治療や、転送魔法陣の使用時に用いられる一時的な薬だった。

余談として、夜行の持つパーソナルカードにも、この中和剤を応用した技術が使われている。繊細《せんさい》な調整を必要とするので、武器防具には応用の出来ない技術だと言う。

「酷い火傷……失血と合わせれば、激痛でショック死してもおかしくなかったくらい……」

「まあ、確かに死ぬほど痛かったんですけど。筋力で止血するのも限界あったし、あの場は仕方なかったんですって」

「やり方が問題なんです！　刀を持っていたなら、それを熱して使えばまだ良かったものを！」

金属アレルギーなもので、焼いた刀を押し当てるなんて発想がそもそも浮かばなかった夜行だった。

やがて治癒師の手から放たれていた光が収まり、夜行はふうとひとつ息を吐いて額の汗を拭う。

左腕を見てみれば、火傷の痕こそ多少残ってしまっていたが、傷はすっかり塞がっていた。

四肢の1本が失われてしまった感覚には未だ慣れないけれど、ひとまず傷が痛むことはもう無い。

二の腕半分だけになってしまった左腕を、夜行は指先でそっと撫でる。

「…………」

「……現在の帝国では確認されていませんが、過去には失った身体の一部を蘇《よみがえ》らせることの出来る技能《スキル》を持った者も居たと聞きます。魔力駆動の義手だって、時間をかけて中和処理を施せば……」

夜行が気落ちしているように見えたのか、治癒師が慰《なぐさ》めの言葉を向けた。

「いや……この腕は、当面今のままでいいですわ。少なくとも……借りを返すまでは」

けれど持ち上げられた夜行の顔には、少なくとも悲壮《ひそう》の色は浮かんでおらず、存外にさっぱりとした声音で、薄く笑みさえ浮かべながらそう呟いた。

ともあれ、その様子から心にまでは深い傷を負っていないと判断した治癒師の女性は、知らず強張《こわば》っていた肩の力を抜く。

「……それでは、治療も終わりましたので私はこれで。今日のところは、大事を取ってこの部屋で休んで下さい。もし何かありましたら、そこの呼び鈴を鳴らせばすぐに誰かが駆けつけますので」

幻肢痛《げんしつう》などを起こす恐れもあるらしい。傷は治ったとは言え、少なくとも1日は様子を見る必要があった。

走り通しの道中で疲労も溜まっていたため、ちょうどいい休息だろう。

最後に脈を計ると、治癒師の女性はクリップボードに軽く書き込み、病室を出ようとして、くるりと夜行に振り返った。

「そうそう。一応は患者さんなんですから、あまり動き回ったりするのは『めっ』ですからね」

「……了解っす」

返答に満足したのか、彼女は今度こそ病室を後にした。

何とはなしに背中を見送っていた夜行は、ぽりぽりと首を掻く。

「…………まあ、なんだ。ナースってのも、中々いいもんだな……」

「そぉうだろう！」

突然の叫び声と共に、夜行の座るベッドの下から何かがゴキブリのような動きで這い出てきた。

まるで気配を感じなかった夜行は驚き、座ったまま飛び上がる。

そして這い出てきた者の姿を認め、目を丸くした。

「ヤ、ヤナギ!? お前、いつからそこに!?」

「そこに美女美少女が居る限り、俺っちはどこにでも現れる！ 撃たれようが壁にめり込もうが、この堅牢強固《けんろうきょうこ》な意志は決して挫《くじ》けない！」

質問の答えになっていないし、何より意味が分からない。

平助はくるくると爪先立ちで回転しながら夜行の傍まで近寄ると、その手をぐっと握った。

「流石我が同志戌っち！ ナースの良さを理解するなんて、エロい！ じゃなかった、偉い！」

「殴る」

隻腕となろうが、拳が物理的に軽くなろうが関係ない。

川ケ岬《かわがみさき》高校きっての変態野郎に同類扱いされるなど、それだけで末代までの恥である。

パンチの破壊力は、握力×体重×スピードで決まる。

この中で圧倒的に不足している体重を、夜行は拳に回転を加えることで補った。

「ぼべふっ」

コークスクリューブローを顔面に食らった平助が、紙切れのように吹っ飛ぶ。

ポンポンと水の石切りの要領で床をバウンドし、壁に激突。頭が壁にめり込み、引き抜くために手足をじたばたさせていた。

「……いい加減そのめり込み芸も見飽《みあ》きてきたぞ。そろそろ新しいネタでも披露《ひろう》してみたらどうなんだ、え？」

「っぷは！　いきなり何すんだ戌っち！　てか、別に芸でやってるワケじゃねえよ⁉」

唐突に殴られ、憤慨《ふんがい》した様子を見せる平助だったが、夜行は素知らぬ顔。先に喧嘩を売ってきたのは向こうなのである。

「で、お前はベッドの下で何してたんだ？　あ、いや、やっぱり答えなくていい。どうせナースのスカートでも覗いてたんだろうから」

「なんだとう！　失礼なこと言うんじゃねえ！　紫のガーターだったよ、もう最高‼」

「…………誤魔化すなら、最後まで誤魔化せよ」

目を血走らせて鼻の下を伸ばした、所謂《いわゆる》変態の顔でぐへへへと笑う平助。

正直は美徳であるなんてのはよく言われるが、こうして見ていると……世の中少しくらい、嘘に塗《まみ》れていた方がいいのではないか。

誰よりも自分に正直なこの男の存在を考えると、そう思えてならない夜行であった。

しかし、本当にいつからベッド下に潜んでいたのだろう。

感覚が獣に近付いている夜行にさえ、気付かれないレベルの隠行《おんぎょう》。帝都を空けた10日間の内に、平助もまた――否。平助含む6人もまた、更なる成長を遂げているらしい。

思えば先程躑躅の見せた技《アーツ》も、全く知らないものであったし。まあ躑躅の場合、そもそもあまり自分の力を見せたがらないのだけれど。

「やっぱナース服にはガーターだよな……って、そうじゃねーや。別に下着を覗くために来たんじゃねーし」

平助の言葉に、夜行は眼球がこぼれそうなくらいに目を見開いた。

「なっ……まさか、そんな⁉」

「何で心の底から驚愕してんの⁉　まるで俺っちがエロ以外の目的じゃ何もしないみたいじゃん、すっごく心外‼」

心外も何も、その通りだろうがと心の中で呟く夜行。

平助の頭の中を見てみれば、ぎっしりとエロスだけが詰まっているのだと言う確信さえ持っていた。

「……確かに俺もれっきとした思春期男子だ。だから多少のことには共感もするし、目だって瞑る。だがヤナギ、てめえは駄目だ」

「委員長と似たようなこと言いやがって！　ちくしょー、戌っちだけは味方だと信じてたのに‼」

　ベッド下でナースのスカートを覗くような輩に味方と思われることこそ、夜行にしてみれば心外だった。

　夜行が嗜《たしな》むのは、あくまで健全なエロスなのである。覗きやセクハラの類《たぐい》など、言うまでも無く御法度なのだ。

「ケッ、いい子ぶりやがって！　戌っちだってもし美人のネーチャンが下着姿で歩いてたら、迷うことなく襲うだろ⁉」

「襲わねーよ。何その性犯罪者的な思考」

　相手が美人だろうとなんだろうと、脈絡《みゃくらく》無く下着姿でうろついていたら逆に引く。

　エルフの村で、まさにそんな姿だったニーヴァと出会った際の、夜行自身の体験談だった。

「嘘だね！　例えば鳳龍院さんとかがえっろい下着でその辺歩いてたら、絶対襲うね！　俺っちなら襲うもん！」

「何だそのありえない状況。そしてお前の感性を、一般的な奴のそれに当て嵌《は》めるな」

　万が一世の男性が皆して平助のようになったら、それこそ世界は崩壊の一途を辿るだろう。性犯罪が横行《おうこう》することが、考えるまでも無く目に見えていた。

その後も自分を正当化するべく、熱弁を続ける平助だったが——当然ながら悉《ことごと》く夜行に扱《こ》き下ろされ、やがて面白くなさそうに床を蹴った。

「ったく、失礼しちゃうぜ。俺っちほど正直で真っ直ぐで心清らかな男なんて、他に居ないってのに」

「正直ってのには同意するし、真っ直ぐってのもまあ間違ってない。だけど俺には、お前が心清らかとは到底思えないぞ」

「俺っちの言葉を疑うな！　そして取り敢えず用事も済んだことだし、帰る！」

「……用も何も、ナースのスカート覗いてただけじゃんかよ……」

本当に何をしに来たんだ、この男は。

別にナースの下着を覗きたいなら、ここまで来る必要は無かっただろうに。

「怪我、良くなったみたいで何よりだ！　腕のことは、気の毒だったがよぉ……」

「…………」

にししと屈託《くったく》無く笑う平助のそんな言葉を聞いて、夜行は少し、目を丸くした。

「皆からも言われると思うけど、ゴメンな戌っち。ダチが大変な時に、何も出来なくて」

「……別に。お前達の誰かが悪い、なんて話じゃないし」

いきなり真顔になった平助に、少し戸惑《とまど》う夜行。

しかしそう言えば、こいつは前からこんな男だったと思い出す。

いつもふざけている変態のくせに、妙に友達思い。だからこそ、普段どれだけ馬鹿をやっていても、不思議と憎めなかった。

「何かあったら言ってくれよ！　いつでも力になるからさ！」

慌しく出て行った平助の背には、何かを言う暇もなかった。

1人残った病室で、夜行は静かに嘆息する。

「やれやれ……人の心配してくれたんなら、素直にそう言えばいいのに――」


「キャアアアアッ！！！」


突如聞こえてくる、絹《きぬ》を裂くような女性の悲鳴。

恐らく……と言うか、十中八九平助の仕業だろう。

「……少し見直したと思えばこれか。アイツはホンットに、馬鹿だねぇ」

次いで響き渡った、凄まじく大きいビンタの音に、夜行は心からの思いを口にするのであった。

Ψ

「こんにちは、ヤコウ様。気分の方は如何《いかが》ですか？」

　暇だったので、開け放った窓に寄りかかりぼーっと外を眺めていたら、小さな音と共に扉が開かれ、クリュスが中へと入ってきた。

　何故か、ナース服姿で。

「………なにしてんの、姫さん」

「ヤコウ様専属の１日ナースです」

　どうやら、左腕のことに相当責任を感じているらしい。

　それは痛いほどに伝わってくるのだが、行動がどこかずれている気がする。

　１４０センチを少々ばかり超える程度の上背に、ぴったりと誂《あつら》えられたナース服。

　くるりと回ってポーズを決めている様は、女子中学生のコスプレにしか見えなかった。

「なんでも言ってください！　身体を椅子に縛り付けた状態で、熱いおでんだって食べて見せます！」

「どうしてナースなのにやることは芸人⁉　……てか、別に気にしなくてもいいよ、姫さん」

自分の腕を切り落としたのは、あのクリスタとか言う馬鹿剣士だ。

許せない奴が居るとすれば、あいつただ1人。他に誰かを恨むなど、ただの八つ当たりでしかない。

「気にします！」

まあ気にするなと言われただけで済むことなら、最初から気になど留めないか。

よく見れば似合わなくも無いナース姿で、クリュスはぎゅっと両の拳を握り締める。

「わたしがあの日、ヤコウ様に中和剤を渡していれば！　あの『蠱毒ノ孔』なんて恐ろしいダンジョンで死に目を見ることも、行きずりの剣士とやらに腕を落とされることも無かった！」

「俺の魔力拒絶《たいしつ》に気付かなかったのはあそこに居た全員、俺本人もだ。だから一番の間抜けは、マサに言われるまで気付きもしなかった俺だっての」

「――ヤコウ様はバカだから仕方ないんです！」

クリュスの叫びに、目を点にして絶句する夜行。

今、聞き間違いじゃなければ凄い暴言《ほうげん》を吐かれた気がする。

そう言えば直接年齢を聞いたことは無いけど、見た目からして明らかに年下の女の子からバカだと言われ、流石に深く傷付いた。

さながら言葉の槍に、胸を貫かれた気分だった。

「ヤコウ様はバカで難しいことを考えるのが苦手だから、しょうがないんです！　だからわたしが、バカなヤコウ様の代わりに考えなきゃいけないんです！」

「……あの、お願いだからバカバカって連呼するの止めて……」

自分の頭がよろしくないことなど分かっている夜行。

しかし人間、自分で分かっていても他人に言われると、ムカついたり傷付いたりすることは幾らでも存在する。

夜行にとって馬鹿だの頭が悪いだの言われるのは、まさにそうであった。

ぐさぐさと容赦なく突き刺さる言葉の暴力に、夜行は思わず胸を押さえながらその場に膝を突く。

目尻で小さく光っているものは、果たして何なのか。

「こんなこと、償《つぐな》いにもなりませんけど……わたしは傷を負ったバカなヤコウ様のお世話をするんです！　分かったです？」

「……はい、分かったです……だからいい加減、バカ言うのは止めて……」

床に崩れ落ち、いじいじと「の」の字を書きながら暗いオーラを背負う夜行。

時折漏れる笑い声が、とても空虚だった。

しかも、クリュスからのお世話も了承してしまっている。

「ではヤコウ様！　先程ヘースケ様から頂いた、この『ナースのドキドキ御奉仕術虎の巻《まき》♪』に記された秘伝を試そうかと思い――――」

「嫌な予感しかしないからアウトだッ‼　ヤナギの奴子供になんてもん渡してんの、内容は知らんがなんとなく想像はつくわ！」

実は夜行よりも年上なクリュスであるが、年齢を知らないから、当然扱いは年下へのそれになる。兄弟も居ないのに、何となく妹と接している気分となる夜行であった。

ちなみに、『ナースのドキドキ御奉仕術虎の巻♪』とやらは燃やした。

渡した張本人である平助には、後日再びコークスクリューブローをお見舞いしよう。

さて、夜行の世話をすると息巻くクリュスであったが、夜行からしてみればたった１日の入院。

別にして欲しいことなど、これと言って思い浮かばなかった。

片腕を失くしたとは言え、元々器用な性分である。

全く不便を感じないワケではないにせよ、大概のことは問題なく自分で出来る。

『ムーンウォーカー』による上昇分を差っ引けば、夜行のＤＥＸ値は全ステータス中最も高いのだ。隻腕となっても、寧ろその辺の人間よりは余程器用だった。

……しかしながら、手助けなど要らないとクリュスを追い返すのも悪い。

方向性こそずれていても、彼女は彼女なりに責任を感じていて、償おうとしている。

繰り返すが、夜行は別に今回の一件をクリュスの所為だなどとは思っていないし、それ故に彼女が何か償う必要があるとも思わない。

が、それはあくまで夜行の主観《しゅかん》。そもそもクリュスを責めているのは夜行でなく、クリュス自身なのだ。

自分で自分を咎める相手に、慰めやそれに類する言葉をかけたところで、恐らくは何も変わらない。気の済むようにさせるのが、一番の方法であった。

そんな考えに至った夜行は、取り敢えずクリュスの好きにさせることとした。

どちらにしろ、今日１日だけだ。実質今の帝国を動かしている彼女には、こなさなければならない政務が山ほどある。

いつまでも自分に付きっ切りなんて、土台無理な話なのだから。

「はいヤコウ様、あーん」

「………………」

そう、1日の辛抱だ。

右腕は残っていて食事ぐらい普通に出来るのに、わざわざ手ずから食べさせられるのも。

「身体を拭いてあげますから、じっとしてて下さいねー」

「………」

上半身だけとは言え裸身《らしん》を晒し、濡れたタオルで身体を拭かれるのも。

しかもクリュスの細腕だと力が入らず、必然的に密着状態になるのも。

1日だけの、辛抱。

「疲れているでしょうから、少しお昼寝しましょうね。寂しくないように、添《そ》い寝してあげます」

「………」

ナースのコスプレをした外見中学生なクリュスと、同じベッドで並んで寝るのも。

なんか段々扱いが、患者と言うより子供をあやしてるみたいな感じになってるのも。

1日……ほんの1日だけだ……。

「トイレですか？　お任せ下さい、付き添ってお手伝いしますから」

「…………ッ」

――御免、もう無理。

隻腕にこそなったけど体調は至極良好、様子見で1日入院ってことになってるだけ。

そんな俺が、介護老人の如《ごと》く甲斐甲斐《かいがい》しく世話されるとか、精神が持たない。

寧ろ良く耐えた方だと、自分で自分を褒めてやりたいぐらいだった。

何よりこのままでは、ロリにナースプレイを強要させるペド野郎だ、なんて陰口《かげぐち》を叩かれかねない。

ここが個室であっても、人の目がどこにあるかなど分からないのだ。

もしそんなことになったら、もしそれが仲間達の――特に、躑躅や九々の耳にでも入ったら。

考えただけでも、軽く首を吊りたくなる。

「……悪い姫さん、俺退屈で死にそうなんだ。世話はもういいから、話し相手になってくれ」

「がってんだー」

脚には何ひとつ問題を抱えていないのに、車椅子でトイレに運ばれることだけは何とか回避できた。

パーソナルカードの称号欄が、凄まじく不名誉なものへと変わっていたかも知れない未来を、何とか脱したのであった。

Ψ

たった1日だけだが、思い返してみれば生まれて初めてとなる入院生活。

腕の傷を治してくれた治癒師《ヒーラー》の言い付け通りに病室外をうろうろせず、大人しくクリュスと話をしながら暇を潰していた夜行だったが、最初に来客が訪れてから、その必要は無くなった。

何せそこから、入れ替わり立ち代りに誰かが訪ねて来たのだから。

「おーっすヤコ！　見舞いにリンゴ持ってきたぞ、リンゴ！」

山ほどの赤い果実を手土産に持ち、豪快《ごうかい》に現れた千影。

ひと抱えもあるバスケットが、彼の手に収まっていると随分小振りに見えた。

「や、ちー君。別に今日1日だけなんだから、見舞いなんて良かったのに」

「そうも行くかっての……ん？　なんで姫ちゃんはナースのカッコしてんだ？」

「ヤコウ様のお世話役です！」

無い胸を張って答えるクリュスに、そうかそうかと千影は笑った。

何ひとつ疑問を抱いていないらしい。聞いた話ではまたＩＮＴ値が下がったそうだし、いよいよ脳が筋肉に変わる日も近いのではないだろうか。

「治ったらまた、俺様の訓練を見に来いよ！　ヤコの居ない間に覚えた新必殺技を見せてやるからな！」

しばらく話した後、最後にそう締め括って病室を後にする千影。

……まさかロケットパンチか何かじゃないだろうなと、その背を見送りながら夜行は思う。

しかし、入室時と退室時にガハハと笑い声を上げるのは何故なのか。

日本に居た頃は、馬鹿なことは変わりないにせよ、もう少し落ち着きを持っていたのに。

この世界へと来てから、何が彼をあそこまで変えてしまったのか。

夜行の……延《ひ》いては仲間内での、最大の謎であった。


「……戌伏、傷は平気……？　これ、お見舞いよ……リンゴ」

ポニーテールを揺らしながら、小さな袋を差し出すサクラ。

夜行は彼女から少しだけ目を逸らし、その髪型を見ないようにする。

「あ、ああ……ありがとう美作さん。それと悪いね、わざわざ来てもらって……」

「ん……当然。片腕、失くしたんだもの……心配ぐらい、するわ」

どこか気落ちした風に眉尻を下げ、サクラは夜行の横顔を撫でた。

毎日重い刀を振り続けている筈なのに、その指は細く柔らかい。

──若干危ない匂いを漂わせているけれど、基本的には十分な美人で、しかも巨乳。

ポニーテールでさえなければと、思わず惜しんでしまう。

「……ところで、姫のその服……どうしたの？　コスプレ……？」

「私は傷付いたヤコウ様のお世話をしているのです！　まあ、確かにコスプレの趣味もありますけど」

「趣味だったの⁉」

帝国第2皇女の趣味は、まさかのコスプレだった。

そう言えば、夜行が転送魔法陣に弾かれた日も、踊り子のような格好をしていた。今にして考えると、あれもコスプレだったのだろうか。

「普段の服はアレです。プリンセスのコスプレです」

「アンタそれが本職じゃねぇか……」

彼女の言い分からすると、四六時中コスプレして生活していることになる。

秋葉原を日夜徘徊《はいかい》しているような輩でも、まず滅多に居ないレベルのツワモノだった。

「……じゃあ、私はこれで……鬼島《きしま》や伊達が来た時、邪魔になったら悪いし……」

「邪魔？　別にちー君もマサも、気にしたりはしないと思うけど」

「…………まさかの、衆目プレイ……⁉　見られながら……イイ‼」

「……美作、さん？　えーと、いったい何を言ってんの？」

目を爛々と輝かせ、不気味な笑みを浮かべながら、サクラは病室を去っていく。

彼女の言葉を半分も理解できない夜行だが、まず間違いなくその方が幸せなのである。

知らぬが仏、世間知らずの高枕。

世の中知る必要の無いことも、割とたくさんあるのだった。


平助やクリュスも含めれば、延べ5人目の来客。

控えめなノックをして入室してきたのは、躑躅であった。

「戊伏君。これどうぞ、お見舞いのリンゴです」

「……うん、ありがとう鳳龍院さん……」

手渡されたリンゴを受け取り、夜行は思う。何で皆リンゴを持ってくるんだろう。

そんなに自分はリンゴが好きそうに見えるのか。

だが生まれてこの方、リンゴが大好物だなんて言った覚えは一度も無かった。

ハッキリ申せば、別に好きでもなんでもない。

「ごめんなさい……アップルパイを作れれば良かったんですけど、私は料理出来ないから……」

「ははっ。来てくれただけでも嬉しいよ、気にしないで」

さもアップルパイが死ぬほど好きみたいな言い方されたが、嫌いではないにせよ好きって程でもない。

この奇妙なレッテルは一体どこ情報なんだ。少なくとも、俺に心当たりは無いぞ。

……とは言え、厚意自体は嬉しいものだし、それを無下《むげ》にするのも酷い話だ。

しかもこんな、ふわふわ笑ってる鳳龍院さんに言えるか？　リンゴとか別に好きじゃないって。

言えるワケ無い。

そんなことを考えていると、クリュスが口を挟んできた。

「勇者様方の中で料理技能《スキル》を持ってるの、そう言えばヤコウ様とクク様だけでしたね」

「お恥ずかしながら……あら？　クリュスさん、どうして看護師さんの格好を？」

「ヤコウ様のお世話役をしているのです！」

「まあ、そうなんですか」

特に疑問を差し挟むことなく、普通に受け答えた躑躅。

彼女、割とスルースキルは高いらしい。

「可愛らしいお洋服ですよね。私が小さい頃、お母様も寝室でたまに着ていました」

「…………いや、それは多分……」

可愛いから着ていたワケじゃないと思う。喉まで出かかったそんな言葉を、夜行はグッと呑み込んだ。

詳しく追及されたら藪蛇《やぶへび》だし。

「でしたら、ツツジ様も着てみますか？　すぐにご用意できますよ」

「――え？　ちょ、ま」

「よろしいんですか？　では、是非」

夜行が止める暇も無く、クリュスと躑躅は部屋を出て行ってしまった。

そして数分後に戻って来た結果、ナースが2人となった。

「どうでしょう……似合ってますか、戌伏君？」

「わたしプラスツツジ様で、人数2倍！　よってお世話のレベルも2倍です！」

「ははは……気苦労は10倍になりそうなんですけど……」

クリュス1人でも結構手を焼いていたと言うのに、増えるとかやってられない。

頭痛を訴える頭を押さえながら、夜行は乾いた笑いを上げるしかなかった。

ちなみに躑躅は、異常なほどナース服が似合っていた。

後日このことを知った平助は、血の涙を流しながら悔しがるのであった。

２人のナースと１人の怪我人が集《つど》う病室の扉が開かれると、同時にシナモンの独特な香りが漂う。

「戌伏君、具合大丈夫？　はいこれ、アップルパイ。好きだって聞いたから……」

「……だからどこ情報なんだよ、それ」

自分でも与《あずか》り知らない間に、すっかり仲間内でリンゴ好きのキャラ設定が浸透《しんとう》していた夜行。

どちらかと言えば梨《なし》か桃《もも》の方が好きだし、パイよりタルトの方が好きなのだが。

「ありがとうございますクク様。大事に食べます」

「って、姫様にあげたんじゃないんだけど⁉」

「……あ、ツンデレですか？」

「違うわよ！」

どうでもいい話であり、尚且つ時々誤解されることでもあるが、九々にツンデレ属性は無い。その辺は、主に雅近の指導役テスラなどの担当だった。

夜行に分けてもらったリンゴをしゃりしゃり齧《かじ》りながら、残念そうにするクリュス。

と言うか彼女、芯《しん》も種も構わず食べていた。

「ったくもう……ところで、姫様のその格好は何？　あと、鳳龍院さんまで」

「ナースでお世話です！」

「2人がかりの鉄壁態勢、ですね」

無駄にやる気に満ち溢れている2人だった。

疲れた様子ながら器用に片手でアップルパイを切り分けている夜行に、九々の同情的な視線が送られる。

「そうだ！　どうせならクク様もやりましょう、ナース！」

「へ？　や、私はいいわよ、似合いもしないし……」

「そんなことないですよ雪代さん。さあ、更衣室に行きましょう」

「ちょっと!?　やめ、助けてーー！」

……2人に運ばれ、連れ去られてしまった。

呆然とそれを見送る夜行。扉の向こうから、まだ助けを求める声が響いていた。

九々の抵抗があったのか、躑躅の時よりもだいぶ時間がかかったらしい。

達成感のようなものを滲ませつつ戻ってきたクリュスと躑躅の後ろには、涙ぐんでいる被害者の姿があった。

「う、うぅ……なんで私が、こんな……」

震える肩に加え、頭上にちょこんと載ったナースキャップが更に憐憫《れんびん》を誘う。

夜行はなんと声をかけたらいいものか迷っていたが、気まずげに頬を掻きながら何とか言葉を絞り出した。

「……その、委員長……案外似合ってるから、そう気を落とさなくても……」

「……………………ホントに？」

潤《うる》んだ瞳を夜行に向け、上目遣《うわめづか》いで問い返す九々。普段のギャップとあいまって、かなり可愛かった。

思わず顔を赤くしながら、夜行はこくこくと頷く。

「ん……勿論《もちろん》。俺、嘘、言わない。似合ってる、ナイス」

「何でカタコト……？　でも、そっか……えへへ……」

「クク様、散々抵抗して文句を言ってた割には満更《まんざら》でもない様子ですね」

「ですねぇ……」

「うるさいわよこの人攫《ひとさら》い共‼」

調子に乗り過ぎた報いか、拳骨を落とされるクリュスと躑躅。

何にせよ、瞬く間にナースが3人に増えてしまった。

後日このことを知った平助が、吐血しながら血涙を流し、壁に頭をひたすら打ち付けたのは言うまでもない。


「最後はオレだ！」

そんな宣言と共にラストを飾ったのは、何故か後ろにテスラを引き連れた雅近だった。

彼曰く魔法使いには必須らしいマントをはためかせながら、夜行に小さな箱を手渡す。

「梨と桃のタルトだ、厨房で作らせてきた。好物だろう？」

「マサまでリンゴ持ってきてたら、俺は無理矢理にでも好物変えなきゃならないとこだったよ……」

どうやらこの幼馴染だけは、夜行の好物を正確に把握しているらしかった。

流石に付き合いが長いだけのことはある。しかし本当に、リンゴ好きなんて設定はどこから出てきたのか。

「で、何だ君達のその珍妙《ちんみょう》な格好は？　鳳龍院はともかく、あとの2人は精々コスプレにしか見えんぞ」

「私に言わないでよ！　無理矢理着替えさせられたんだから！」

反論する九々を相手に、まあそんなことはどうでもいいと切って捨てる雅近。

女心を全く理解しない、出来ない、する気がないの3拍子揃った彼に、世辞や気遣いを期待する方が間違っているのだ。

「見舞いついでに、テスラがお前に謝りたいと言っていたから連れて来た」

「………」

顔を俯かせながら、夜行の前に立つテスラ。彼女はそのまましばし黙っていたが、やがて深く頭を下げた。

「――ごめんなさいっ！　魔術将軍のアタシがついてながら、魔法陣の拒絶事故なんて凡《ぼん》ミスを……！」

土下座でもするような勢いで謝罪するテスラの姿に、夜行は困った風に頬を掻く。

テスラだけじゃない。今日訪ねてきた全員が、同じことを謝っている。

夜行の拒絶体質のことに、自分が気付いていれば、と。

しかしそれは、夜行本人も同様なのだ。

他ならない自分が気付いていれば、それだけで済む話だった。

片腕を失くしたことも、皆の所為じゃない。腕を斬り落とした張本人は、全くの別人なのだから。

だが少しでも、そんな背負う必要の無い罪の意識が軽くなるのなら、多少のことは好きにさせるのが一番の優しさだろう。

「……あと、ついでのついでだ。お前のクラスに関する調査結果が出たから、報告しておく」

ひたすら頭を下げ続けるテスラを、雅近の助けも借りながら何とか宥め、ひとしきり話が落ち着いたところで、そう切り出された。

クラスに関しての情報は、どれだけあっても困ることは無い。

レベルの上昇と共に、どんなクラス技能《スキル》が増えて行くのか。

過去の同クラスの持ち主達が、どんな戦法を得意としていたのか。

個人差もあるため、一概《いちがい》に全て同じとは言い切れないにせよ、そうしたことを知っておけば、今後の方針も立て易くなる。

——しかし。

指先で眼鏡を上げながら、雅近の放った言葉。

「クラス『月狼《ルナ・ウルフ》』。その性質、過去の所有者、他諸々」

それは夜行の、そしてこの場に居る者全員にも予想外なひと言であった。

「端的に言えば——ほとんど分からん」

この世界、『大陸』にて有史以来発見、確認されてきたクラスの総数は、５９８種。

そこから更に細かく枝分かれするクラス技能《スキル》に至っては、およそ数千にも及ぶと言われている。

それら全ては過去の所有者達から得た詳細なデータとして、『魔術殿』内に設《もう》けられた資料館へと保管され、許可さえ得れば自由に閲覧《えつらん》可能となっている。

しかしながら千年以上の歴史と共に在り、今も尚編纂《へんさん》の続けられているあまりにも膨大な資料はざっと目を通すだけでも軽く数日。仔細《しさい》に調べ上げるのであれば、本来なら間違いなく数週間を要することだろう。

――だが、怠惰《たいだ》が服を着て歩いているような存在にも拘らず知能指数の高さで言えば紛うこと無き『天才』に分類される男、伊達雅近。

更に歴代でも最年少で帝国将軍、それも智を司《つかさど》る魔術将軍としての地位を得た才媛《さいえん》、テスラ＝リッジバック。

彼等２人を筆頭とした精鋭《せいえい》十数人での資料調査により、僅か半日と言うありえない早さで全てを終わらせてしまったのだ。

「殆ど分からない……？　それってどういうことなの、伊達君」

「慌てるな委員長、今説明する。しかし中々美味いな、このアップルパイ」

部屋の隅に置いてあった椅子に腰掛け、調査結果が書き留められているのだろう紙束を片手に、アップルパイを食べながら雅近は静かに話し始める。

ちなみに、実はリンゴが好物なのはこの男の方だったりする。

「ま、夜行のに比べたら味は落ちるが」

「勝手に人が作ったもの食べた挙句《あげく》にケチつけてないで、いいから早く話しなさいよ」

「分かってる分かってる」と、若干イラついた声音で急《せ》かす九々をあしらいつつ、雅近が紙束を何枚か捲《めく》り上げた。

「――クラス『月狼《ルナ・ウルフ》』。世にも珍しい獣《ビースト》系に分類される前衛戦闘タイプ、技巧力《DEX》と敏捷性《AGI》そして体力《SP》の三点特化型。言うまでもなくオレや鬼島、それに鳳龍院と同じ稀少《レア》クラスだ」

「その中でも、特に稀少度が高いものよ。恐らくはホウロンインの持ってる『強奪者《シーザー》』に並ぶくらいには」

付け足されるようなテスラの言葉により、皆の視線がしばし、夜行と躑躅を見比べるように集まる。

それに居心地を悪く感じたのか、躑躅は少しだけたじろぐ仕草を見せて、夜行の後ろへと隠れるように移動した。

「オレのクラスである『滅魔導《スレイヤー》』は稀少度上の中、鬼島のそれも同様。そして鳳龍院のクラスはそれよりも上で、稀少度上の上。それと同格、つまりはこの世界で最も珍しいクラスのひとつになるワケだ」

「なるほど、わたしが知らなかったのも当然ですね」

「姫様は寧ろ、知らないクラスの方が多いじゃない……」

確か把握しているのは3割程度。以前自らの口でそう言っていた時のことを思い返し、呆れた声を出す九々。

けれど600近くもあるのなら、たとえ3割でも馬鹿にならない数だ。

よくよく考えてみれば、覚えているだけ大したものである。

「……ほーん」

一方、ねだるように口を開けるクリュスに梨のタルトを与え、気の抜けた声で小さく頷く夜行。

取り敢えず『月狼《ルナ・ウルフ》』が稀少なクラスであることは、まあ分かった。

だが当人からしてみれば、「珍しいからなんだってんだ」くらいの感覚なのだ。

珍しいから必ずしも強いと言うワケではない。

某大作RPG、特にドラゴンが重要とも思えないクエストに出てくる、はぐれた感じのメタルさんだって、珍しいけど弱いし。

その理屈から考えると、もしかしたら自分や躑躅を倒したら経験値が一杯もらえるのだろうか、などと夜行は考える。

もしそうだとしたら、実に有難くない話だった。

そもそも個人の能力を度外視《どがいし》したクラスのみの力で考えてみれば、躑躅はともかく夜行の持つ力が、山だの森だの消し飛ばすチート２人組より上だとは、到底思えない。

自分でこの上なく気に入っているとは言え、能力構成が凄まじく尖っている使い勝手の悪い力なのだから。

「で……珍し過ぎて過去の所有者が殆ど居ないから、あんま分からないってこと？」

「それもある。半分正解だ、偉いぞ夜行」

喜ぶどころかムカつく褒められ方だった。

半分正解で称賛されるとか、どこまでマサは俺のことを見くびっているのか。

馬鹿にすんなと反論しようと思った夜行だが、口を開きかけたところで動きを止める。

常に気だるそうな態度を崩さない雅近が、眉根を寄せた険しい表情をしていたから。

昨日、自分の左腕のことを追及した時と同じ顔だ。

何か大事な話。それもあまり良いものでは無いことを予想させたので、夜行は押し黙った。

「……そして、残り半分の理由だが。これが少々厄介なものでな」

ひとつ小さく溜息を吐いて、ぱらぱらと紙束を捲る雅近。

見れば横に立つテスラもまた、明るい表情をしてはいなかった。

「『月狼《ルナ・ウルフ》』を含む獣系《ビースト》を所有していたクラス所有者《ユーザー》達の発見数は、千年以上続く歴史の中でもたった９人」

こいつは全５９８種の中でも、３番目に少ない数字だ。

そう言って雅近は、言葉を区切った。

引き継ぐ形で、テスラの口から紡《つむ》がれた事実。それを聞いた瞬間、誰もが息を呑んだ。

「記録によれば、その９人は全員――10歳の誕生日を迎える前に、死亡しているの」


人間が進化の過程にて失った、獣の野性。即ち獣性を取り戻させる、謂《い》わば先祖返りの性質を持ったクラス。

それがつまり『月狼《ルナ・ウルフ》』であり、獣系《ビースト》クラスであった。

その性質を象徴《しょうちょう》するクラス技能《スキル》、『ビーストアッパー』。

敵対者が強い力を持っているほどに、自身の置かれた状況が危機的であるほどに、知性を得る代償として失くした凶暴性を、強靭《きょうじん》な生命力と戦闘能力を得る。

薄まり、無くなりかけた遠い祖先の、『始原《しげん》の獣』としての血の濃度を一時的に上げることで、それを蘇らせるのだ。

要するに『ビーストアッパー』とは、厳密に言えば技能所有者《スキルユーザー》を強化するものではない。強敵やリスクの存在を引き金として、かつてそうであった時の姿——獣としての姿に戻すだけ。

知性など欠片《かけら》たりとも持たない、それ故にこの世界のありとあらゆる生物の中で最も強かった状態に立ち戻らせるだけの技能《スキル》だった。

だから戻れば戻るほど、強くなればなるほどに、理性も見境も何もかもを失い、やがては目に映る全ての動くものを攻撃するようになる。

技能《スキル》発動のキーは、自分を殺せる程度の力量を持った者との敵対、或いは高所からの落下や肉体の衰弱《すいじゃく》などの危機的状況。

故に、獣《ビースト》系のクラスを持って生まれた者は、ほぼ絶《た》えることなく力を使い続けることになる。

それは何故か。

幼い子供にしてみれば、この世の全てが脅威に分類される。

軽い段差、犬や猫などの小動物、同じ年頃の子供達。周りの大人達も当然含む。

もっと言うなら、人間とは理性を持って生まれて来るワケではない。

物心ついて間もないような子供は、それこそ獣のようにいとも容易《たやす》く癇癪《かんしゃく》を起こす。

理性も精神も未成熟な幼子など、その在り方は人より獣に近いとさえ言える。そして獣に近い分、ふとした弾みで簡単にタガが外れるのだ。

親が居なければ自分の身も守れないか弱さと、理性の薄さ。

そんな性質と『ビーストアッパー』との相性は、絶望的に悪い。

結果として、普通の人間が長い時間かけて人の営《いとな》みの中で学ぶべき人間らしさが、全く育たなくなる。

持って生まれたクラスに、技能《スキル》に精神を蝕《むしば》まれ、名実共に獣と化してしまうのだ。

だがどこまで獣に立ち戻ろうと、その肉体は人間のものでしかない。

獣としての血は、過負荷《かふか》を与える毒となる。

幼子の身体は脆《もろ》く、大き過ぎる負荷に長くは耐えられない。限界以上にまで出力を上げたエンジンが、壊れてしまうように。

敵を壊し全てを壊し、最期には自分まで壊してしまう制御不能の力。

それが――獣系《ビースト》と呼ばれるクラスの力。

戌伏夜行に与えられた力だった。

「……以上が、オレ達の調査結果だ」

用済みとなった紙束を適当に床へと放り、軽く息を吐く雅近。

そして一様に険しげな顔をしている面々をぐるりと見遣ってから、人差し指を立てた。

「考えるべき要点は、まず夜行が他のクラス所有者《ユーザー》とは異なり、後天的にこのクラスを得ていることだ」

夜行は今、18歳。

人間としての自我などとっくに確立させているし、多少の負荷なら耐えられる程度には身体も育っている。

「先例は皆、人となる前に獣になった。人でありながら獣の因子を宿した夜行が、これからどうなるのかなど見当もつかん」

雅近が最初に言った、殆ど分からないと言う結論は、『月狼《ルナ・ウルフ》』の力が夜行に与える影響がどのようなものになるのか分からない、そんな意味合いでもあったのだ。

肉体が獣の血に耐えられるのか。耐えられるとしたら、どこまでなら大丈夫なのか。

精神が獣に染まるのではなく、人と獣が混ざり合った状態である夜行はこれからどう進むのか。

何せ先例とは全く状況が異なっているのだから、資料で得た情報など、参考程度にしかならない。

くい、くいと袖を引かれ視線を下ろすと、不安げな顔をしたクリュスの姿が目に映り込む。

「ヤコウ様……今現在、お身体に不調などは……？」

「……んと……特に無い、かな。『ビーストアッパー』使った後は疲れるけど、走ったり動いたりした後の疲れと同じだし」

「子供とは比べ物にならないほどステータスは高い。『ムーンウォーカー』で重力の負荷も極度に軽減している分、今まで行ってきた規模の戦闘行為なら平気と考えていいか……」

軽く頷きながら、「あくまで肉体面に関してだが」と付け足す雅近。

如何《いか》に身体が耐えられたとしても、精神の方までは何とも言えない。

「戌伏君と同じ境遇の例が無いから、確かなことは分からないってワケね」

九々が確認するように言うと、雅近は首肯《しゅこう》する。

「そう言うことだ。ガキの未成熟な心が凶暴化した際に引っ張られるだけならいいが、『ビーストアッパー』自体が人間を獣に塗り替えて行く性質のものだとすれば……」

「めでたく戌伏君がワンちゃんになりますねぇ……」

「いや、めでたくねーよ！」

獣を自称こそしているが、ワンちゃんは嫌だと躑躅に反論する夜行。

とは言え、そのあたりは恐らく大丈夫だろうと、今までの経験から何となく思ってもいた。

「なんて言うか、自分を書き換えられるって感じじゃなくて、単純にハイになる！　みたいな感覚なんだよ。戦い終わったらすげーダルいし」

「……だといいが……たとえそうであったとしても、もうひとつ懸念が残っている」

獣《ビースト》系クラスの根源とも言うべき存在、『始原の獣』。恐らくは、この世界の人間の祖先なのだろうけど……。

「この世界の人間でない夜行に、『始原の獣』とやらの血が流れている筈も無い。しかし、『ビーストアッパー』は発動している」

これが何を意味しているのか、全く分からない。

予想を幾ら立てたとしても、確証はなかった。

そこで雅近やテスラ達は、どう扱うべきか分からない夜行の力に頭を悩ませたと言う。

ただでさえ片腕を失くしているのに、このまま戦わせ続けていいのか。

それが夜行の命を、削り取る行為になってしまわないのだろうか。

しかし、考えたところで答えなど出なかった。

結局はそれを確かめるための方法など、たったひとつしかないのだ。

「――分からないなら、実際に見てみりゃいいさ！」

ベッドから跳ね起き、床に着地する頃にはいつの間にかコートを着ていた。

フードを目深に被りながら、夜行は尖り気味の八重歯《やえば》を見せ、笑う。

「『作文は一見に如《し》かず』ってな！　戦う姿を見れば、なんか分かるかも知れないじゃん？」

「……作文じゃなくて百聞《ひゃくぶん》だぞ」

「………………細かいことはいいんだよ！」

ともあれ、夜行の言い分は間違っていない。

データが無いのなら、集めるしかない。そして集めることが出来るのは、夜行本人だけなのである。

「丁度食後の運動がしたかったとこだ。さあ、いざ行かん練兵場《れんぺいじょう》！」

無駄にテンション高く、高笑いの声を上げながら病室を出ていく夜行。そんな様子に唖《あ》然《ぜん》としながらも、残った面子もそれに続こうとした。

しかし――。

「ヤコウさん！　今日1日は大人しくしていて下さいと言った筈です！　『めっ』ですよ！」

治癒師の女性に怒られた。

「……はい、ごめんなさい。明日にします」

Ψ

昼を前にした、『武術殿』第1練兵場。

魔族との戦争が間近に迫っているだけあり、より一層の気迫でもって訓練に臨《のぞ》む兵士達。

――そんな彼等の内の1人が、刃の潰された剣で首を打たれ、もんどり打って倒れ込む。

「ヒャハハハハハハハァッ‼」

周囲に響く高笑い。

片方しかない腕の中で、器用に回される訓練用の剣。

20人近い兵士達が、夜行を取り囲んでいた。

各々が訓練とは思えない真剣な面持ちで剣を、槍を、それぞれ得意とする武器を手にし、絶えることなく笑い続ける夜行に切っ先を向ける。

「せやぁぁッ‼」

「ハァッ‼」

背後にいた兵士と正面に立っていた兵士が、囲みの中心に居た夜行へと、同時に踏み込んだ。

そのまま2人は、息を合わせて槍を突き出す。

双方共に、夜行の体幹《たいかん》を正確に捉えた一撃だった。

速度もタイミングも、申し分ない。

更に言えば夜行は隻腕。たとえどちらかを防いだとしても、もう片方までは防げないだろう。

身体で受け止めようにも、夜行の身を守る防具など、血の色をしたコートだけ。

動物の毛を織って作られたものでは、衝撃を殺しきることなど出来ない。

周囲の兵士達も、槍を突き出す2人も、誰もがこの攻撃で決まると確信していた。

――しかし。

「らァッ‼」

「「なッ⁉」」

身体をその場で回し、2本の槍の側面を撫でるように剣で弾く夜行。

軌道を逸《そ》らされた攻撃は、虚《むな》しく空を切る結果に終わった。

しかも突きの勢いはそのままだったため、2人はつんのめるようにたたらを踏む。

バランスを崩した状態で夜行の間合いへと踏み込んでしまった彼等は、もう1回転加えた夜行の剣をそれぞれ側頭部に喰らい、その衝撃で意識を失った。

「ヒヒヒャハハハハッ！　体重が軽かろうと剣の重さは変わらねぇ！　遠心力つけりゃ、

一撃で寝かせることは出来るみてーだなァ‼」

身体の回転に合わせ翻る、コートの裾。

ととん、とん、とんとん。

脚で柄を蹴り上げることにより、軽快な音を鳴らし宙を跳ねる剣。

一見遊んでいるようでも、兵士達は近寄ることが出来なかった。

不用意に近付けば、夜行の身体を軸《じく》として踊る剣に、容赦なく打ち据えられる。

足捌きひとつだけでも、十分に剣を振るえるのだから。

「ハハッ」

やがて一度大きく跳ねた剣が、夜行の傍らの地面に突き刺してある鞘にすとんと収まった。

誘うような手招きと共に、フードの奥で不敵に笑う。

「さっさと来いよォ。もっともっと、遊ぼうや……」

1人、また1人と軌道《きどう》の読めない剣に打たれ、倒れる兵士達。

そんな様子を、雅近等残りの勇者6人とクリュスは、少し離れた所で見物していた。

「……わたしにはよく分かりませんけど、皆さんはどう思います？」

こてんと首を傾げながら、一同に尋ねるクリュス。

　６人はそれぞれ異なる表情を浮かべながら、夜行の戦う様に視線を走らせた。

「オレはノーコメントだな、近接戦はそもそも専門外だ。それに何より、あいつの動きが速過ぎてよく見えん」

「凄い動き方してるわね……身体にかかる負担とか、全然考えてない感じ。体重軽いと、あそこまで出来るものなの？」

　雅近に続いて、呆然とした九々の言葉。

　確かに常人が真似しようものなら全身の筋《きん》が捻《ね》じ切れそうな駆動だった。

　そんな動きを可能としているのは、10キロにも満たない軽量体である。

　そして、何より。

「そう言や、ヤコは元々日本に居た頃もムーンサルトとかバック宙とか、普通にやってたな」

　千影が言うと雅近が頷く。

「スタントマンになるのを夢見ていた頃があったんだ、あいつは。去年ヒーローショーでカポエラを使うバイトをやったこともある」

　すると躑躅も話に加わった。

「あ、私それ知ってます。１人だけやけに動きが良くて、逆に浮いてました」

　しかも着ていたのは、どう考えても動き辛いだろう半分きぐるみみたいな衣装。

なんちゃら戦隊とかじゃなくて、なんとかパンマンみたいな感じの幼児向けヒーローみたいだった。

そんなのがカポエラとかやったら、子供も逆に引いてしまうだろうに。

「同じタイプの特化型でも随分違うのな……俺っちじゃ、アレと同じ動きは難しいわ」

平助も目を丸くしていた。

「柔軟性《じゅうなんせい》の差だな。夜行の身体は、バレリーナかヨガの達人並みの柔らかさだ」

体重の軽さだけではない。しなやかで柔軟な身体だからこそ、可能な動き。

片腕となっても、まるで不自由さを感じさせない戦い方だった。

「ヒャッハハハハッハッハッハアアアァッ！！！」

「……しかし、あの高笑いはどうにかならんのか」

頭に響いたのか、軽く額を押さえながら雅近が呟く。

「攻撃する度、倒す度、避ける度これだ。耳がおかしくなる」

平助と千影が顔を見合わせる。

「戌っちってあんなキャラだっけ？　アレが例の獣に近付くって奴？」

「違うんじゃね？　俺様には、徹夜明けのハイテンションにしか見えねーけど」

学園祭の準備期間中、学校に泊り込みで作業してロクに寝ていなかった時、大体あんな感じだった。

そして最後には目をグルグルさせて笑い転げた後、死んだように眠っていた。

「………」

確かに千影の言う通りだと思う雅近。

異常なくらいにテンションが上がってこそいるが、少なくとも常軌《じょうき》を逸《いっ》した凶暴性などは見当たらない。

あの調子では、精々『好戦的』ぐらいの評価が関の山だろう。

奇抜《きばつ》且つ速く、敵の攻撃を紙一重かそれに近い動きでかわしながら、反撃を加える攻撃パターンである。

どれだけ体重が軽かろうと、勢いをつければその分、重さは増す。

動き回って積極的に攻勢へと出ないのは、相手に深手《ふかで》を負わせないようにする配慮《はいりょ》からか。

「高笑いは余計だが、全くもって理性的な動きだ。加減する余裕さえある」

「やっぱり訓練では、危機的状況の内に入らないんでしょうか……？」

躑躅の疑問は恐らく正解。

数でこそ圧倒的に不利だが、刃を潰した武器に格下の相手達。これではとてもじゃないが、危機とは呼べない。

せめて兵士達が素の夜行より強ければ、少しは状況も違ってくるだろうけど。

……だが、それは無理な話だった。

夜行を含む勇者達7人は、既に全員少なくとも帝国将軍級の相手でないと、サシでは勝負にならない実力を有している。

『ビーストアッパー』の性能確認に駆り出された兵士達とて、帝国軍では精鋭と呼んでいい者ばかり。

それをこの短期間であああしらえるようになることこそ、本来は異常なのだ。

「半ば分かってはいたが、これじゃ確認にならん……」

「あ、全員やられたわよ」

九々の言葉通り、最後まで耐えていた大柄の兵士が柄で顎《あご》をかち上げられ、大きく音を立てて倒れ伏す。

ぽいっと剣を宙に放り、地面に突き刺した鞘へと収めた夜行の周囲には、気絶若しくは動けなくなった精鋭兵が死屍累々《ししるいるい》。

当の夜行本人は……戦闘終了でテンションがガタ落ちしたらしく、退屈そうに欠伸していた。

「あう……近衛の一個小隊が、完全に遊ばれてます……」

自慢の精鋭達が手も足も出なかったことに、喜ぶべきか悲しむべきか複雑そうな顔をするクリス。

「この調子だと、数を増やしても無駄だな。怪我人が増えるだけだ」

何にせよ、このままでは無意味に時間を浪費するばかりだった。

いっそ手近なダンジョンまで行って、魔物でも相手にさせた方がいいだろうかと考える雅近だったが、その案はすぐに却下した。

界境に集結しつつある魔族がいつ動き出すか分からない。今、現地とすぐに連絡の取れる宮殿から離れるなど、愚の骨頂《こっちょう》だ。

——だとしても、開戦までには少しでも夜行の能力について情報を集めておきたかった。

凶暴化した状態では、どのくらい理性が残るのか。どれだけの時間、『ビーストアッパー』の影響下で戦えるのか。

ここへ帰ってくるまで1人で戦っていた夜行に、連携が行えるのか。

知っておくべきことは、幾らでもあるのだから。

「……まさか、兵士に真剣で戦わせるワケにも行かないしな……」

実際に死が伴う、実戦に極めて近い訓練なら、とも思ったが、もし万が一夜行が理性を失い、人死になど出してしまえば笑い事じゃ済まない。

資料で確認した、かって獣系《ビースト》クラス所有者《ユーザー》達の起こした事件などを考えると、決して有り得ない話ではなかった。

どこまでがセーフで、どこからがアウトなのか。

それさえ分からない手探りの状態なのだ。

そんな現状で迂闊な手に出ることなど、面倒ごとを呼び込む火種になりかねな――。

「……ねえ」

「ん？　なんだ、美作」

夜行が戦い始めてから、ずっと黙り込んで観戦していたサクラが、不意に口を開いた。

丁度会話が途切れていたこともあり、必然的に皆の視線が彼女へと集まる。

特に意識していたワケでもないが、全員の立ち位置が横並びになっていた状態から、サクラは1歩前に出ると、首だけで振り返り問いかけた。

「戌伏を……本気にさせれば、いいんでしょう……？」

「……まあ、鬼島あたりにも分かり易く言うとそうだが」

「俺にもってなんだよ、俺にもって」

もしや何か、いい手でも思いついたのか。

雅近がそう尋ねると、サクラはひとつ頷いた。

キンッ……！

腰に携えた、刃渡りだけでも1メートル近くある野太刀《のだち》の鯉口《こいぐち》を切りながら、そよ風に黒髪をなびかせ、ぼそりと小声で、しかしハッキリと呟く。

「私が戦《や》るわ」

Ψ

戦いを終えた夜行は、鞘ごと地面に突き刺さった剣へと寄りかかり、何度目かの欠伸を噛み殺す。

つい先程まで瞳に浮かんでいた喜色《きしょく》は消え失せ、退屈そうに首を掻いた。

「やーれやれ、片腕でコレかよ」

周りに倒れる死屍累々を見渡して、今度は溜息を吐く。

……これでは全然、愉《たの》しくない。『ビーストアッパー』だって、殆ど働いていなかった。

やはり格下との戦いでは、この程度――。

「――っとぉ‼」

背後から感じた、強い殺気。

考えることを途中で放棄《ほうき》し、夜行は反射的に『娼啜』を抜いた。

刀を逆手に構えた瞬間、横薙ぎに放たれた一閃により、ガードごと跳ね飛ばされる。

空中で体勢を立て直しながら、視界の端に今し方まで寄りかかっていた剣が映ると、防いだ太刀筋の通りに剣身が両断されていた。

「ヒャハハッ！　なんだァ、まだ元気な奴でも居たか！」

再び昂ぶりを増す気分に口角を吊り上げ、猫のように着地する夜行。

そして、背後から斬りかかってきた相手の姿を見たのだが、意外な人がそこにいた。

「あっれ、美作さん……？」

だらりと背筋を曲げ、臨戦《りんせん》態勢を取りながら首を傾げる。

もしや次は、彼女が相手なのだろうか。

「え、なに？　美作さん戦ってくれるの？　でも俺、今かーなり不完全燃焼だから、あんまり上手く加減できないよ？」

「ん……心配してくれるのは嬉しいけど、無用よ……だって」

確認を取るような言葉を投げかけながらも、既に戦いを始める気の夜行に向けて、昏《くら》い瞳でまっすぐに、退廃的《たいはいてき》で艶《あで》やかな笑みを浮かべたサクラは、さも当然のように言い放った。

「――私の方が、強いもの」

「えっと……いいの？　美作さん、行っちゃったけど」

九々はそう言いながら、相対する2人の姿を交互に見遣る。

器用に脇差を手の中で回しながら、猫背気味に構えている夜行。

何を考えているのか分かり辛い、少し影の差した表情《かお》に笑みを浮かべるサクラ。

その肩に担《かつ》がれた野太刀は、彼女自身の小柄さもあり……より大きく見えた。

「……それよりオレは、美作が今の居合《いあ》い抜きをどうやったのかが気になる」

刃渡りだけでも、明らかにサクラの腕より1.5倍は長い。

あれを腰に提《さ》げたままでは、居合いどころか普通に鞘から抜くことさえ困難だろう。

目算でそれぞれの長さを測りながら、雅近は首を傾げた。

「サクラ様は確か、『刀術』と『居合い』の個人技能《スキル》を持っていましたから……」

パーソナルカードを確認した際、そんな項目があったことを思い出すクリュス。

どちらの技能《スキル》もレベルが高く、それを考えれば、今の居合いも決して不可能ではない筈だった。

「彼女は剣道部だったか……？　部活をやってたなんて話は、聞いたこと無いが」

「家が道場らしいぜ？　俺っちの調べじゃ、剣道2段の居合道3段」

さすが平助である。

「ちなみに、バストサイズは小さくてもアンダーもそれ相応に細いから、数字だけなら鳳龍院さんと大して変わらな――あべし!?」

余計なことまで口走った馬鹿が1人、全員の死角から日傘で殴られ昏倒《こんとう》した。

誰がやったのかは……まあ、敢えて言うまでも無い。


サクラがそうであるように、勇者として与えられる力は、何も闇雲《ランダム》に決まるワケではない。素質の多寡《たか》こそ召喚時に神へと捧《ささ》げる供物《くもつ》の量に左右されるが、その方向性は個人の適性で決定される。

天才的な頭脳と、チマチマした面倒を嫌う怠惰な性格。それらを併《あわ》せ持った雅近は、緻《ち》密《みっ》な制御により形成される圧倒的な火力でもって、全てを一掃する『滅魔導《スレイヤー》』。

怖れすら跳ね除《の》ける根性と、ルール無用の喧嘩殺法に秀《ひい》でた千影は、鎧と己の肉体で変幻自在の戦闘を可能とする『機甲将軍《マシナリー・ジェネラル》』。

表面では優しく儚《はかな》く取り繕《つくろ》いながらも、心の奥底に嗜《し》虐《ぎゃく》的な本能を抱き、生まれながら虐《しい》げる側に位置する躑躅は、指先ひとつで全てを奪い取る『強奪者《シーザー》』。

高い視力と集中力、優れた忍耐力と判断力。そしてスイッチさえ入れば、冷静に獲物を待ち構える精神力を有する九々は『狙撃手《スナイパー》』。

隠れ潜む技術、優れた情報収集能力、旺盛《おうせい》な行動力、器用な手先。前面に押し出される変態性ゆえに目立たないが、その実スペックの高い平助は、多芸であればあるほど力を発揮する『暗殺者《アサシン》』。

幼い頃から竹刀《しない》を握り、延べ十数年で積み上げられた経験と技量。若干歪んだ部分こそあるものの、既にひとかどの剣客と呼んでも差し支えないサクラは『侍《サムライ》』。

人間離れした柔軟性、理屈よりも感覚頼みの感性。凶暴性こそ有していなかったが元々それらに親和性《しんわせい》のある夜行は、より獣へと近付く『月狼《ルナ・ウルフ》』。

各々の才覚、今までの人生で培《つちか》ってきた技術をより高める形として、勇者の力は与えられるのだ。

突然倒れた平助のことなど気にも留めず、残った面々は話を続けていた。

この中で最も常識的な九々でさえ、全くの知らん振りだった。

「て言うかあの2人、真剣まで抜いてるんだけど……」

「……取り敢えず、好きにさせておけ」

兵士では相手にならない。

訓練用の刃引きされた武器では、実戦の緊張が伴わない。

だったら、夜行と同格……若しくはそれ以上の相手に、真剣で戦わせるしかない。

そして勇者である夜行と同格以上の相手など、もうこの国には同じ勇者しか居ない。

「確かに、夜行が片腕でどの程度戦えるのかも見ておく必要があった。さっきの連中じゃ、力不足もいいところだったからな」

「一応、帝国軍でも精鋭と言って差し支えない部隊の兵なんですが……」

あんまりと言えばあんまりな雅近の言い草に、力なくクリュスが返した。

複雑そうな表情を浮かべつつ、丸印の中に日本語で『夜』と書かれた袋からチョコチップクッキーを摘み出し、貪り食っている。

それを見た九々の視線が一瞬で冷たくなった。

「……姫様、食べるか落ち込むかどっちかにしたら？」

「もきゅもきゅもきゅもきゅ……これ、おいしー」

食べることにしたらしい。なんとなく分かってはいたけれど。

「――ま、美作なら問題ないだろう。夜行の一件で合同訓練が流れたから、戦ってるとこ見たこと無いが」

「何でそれで大丈夫って言えるの⁉」

気だるそうに欠伸などかまし、その場にごろりと横になる雅近。

どうやら、先日からガラにもなく働いていた所為で、最早やる気が無くなっているようだ。

「と言うワケで、オレはこれから大好きな昼寝の時間だ。あとは頼むぞ委員長」

「はぁ⁉　何が、と言うワケで、なの⁉」

「細かいことは気にするな、オタクになるぞ。君が見た夜行に対する感想と、実際に戦った美作が受けた印象。それらをレポートに纏めて、今晩中にテスラにでも提出しておいてくれ」

「勝手に話を進めないでよ！　自分で見ればそれで済む話じゃない！　って、こら、寝るな！　起きろーー！」

早くも寝息を立て始めた雅近の身体を揺らすが、目覚める様子は無い。

九々が周りを見回せば、無心でお菓子を貪るクリュスに、昏倒して泡を吹いている平助。

千影はただ見ているのに飽きたのか、背に躑躅を座らせ腕立てなどやっている。

――もうイヤ、誰か助けて。

頭を抱える彼女に、しかし手を差し伸べてくれる者は居なかった。

その代わりに――ふわりと、風が頬を撫でた。

「あら……？　なんでしょう、これ」

腕立てをする千影の背で本を読んでいた躑躅が、最初にそう呟く。

次いで九々は、風と共に頬へと張り付いた小さな何かを、指先で摘む。

そこにあったのは、薄い桃色をした花びらだった。日本人なら誰でも見たことがあるだろう、春の訪れを示す花である。

……だが、今の季節は紛うことなき夏。

春など疾《と》うに過ぎているし、何よりこの花は帝国に存在していない筈。

一体どこから？

そう思い、風の吹いた先へと視線を巡らせる九々。

「…………なに、あれ」

それを認めた瞬間、そんな言葉が突いて出た。

千影や躑躅も同じ所に視線を向けて、同様に少しばかり驚きで目を見開く。

緩《ゆる》やかに渦《うず》を巻き、流れるそよ風。

渦の中心に立っているのは、肩に刀を担いだサクラだった。

そんな彼女から、正確には彼女の持つ刀から、彼女の名前と同じ——桜の花びらが、ゆるゆると舞い散っていた。

……練兵場ってのは武器を振るったり集団での動きを鍛えるための場所だから、当然殺《さっ》風景《ぷうけい》なものだ。

けれどサクラを中心に風が吹き始めたかと思ったら、刀から桜の花びらが噴き出した。

そよ風に乗って、瞬く間にそこら中が桜吹雪で飾られる。

そんな有様を視線だけ動かして見回しながら、夜行は尋ねた。

「姫さんが用意した武器なんだろうから、ただの刀じゃないとは思ってたけど。なにそれ」

「……答えると、思う？」

ですよねー。

根本的には味方と言えど、今の2人は剣を交えて戦闘中。そんな状態で、わざわざ自分の手の内を明かすワケが――。

「……この野太刀の銘は、『流桜《りゅうおう》』……等級は『稀少級《レア》』」

「って、答えるんかい！」

夜行は思わずコケそうになった。

まさかこんな、昭和の匂いがするリアクションを取りかけてしまうとは……美作サクラ、恐ろしい子！

「……あなたの『娼啜』は一度、見せてもらったから……それに私、戌伏の力についても、細かに説明を受けてる……私だけ教えないのは、アンフェアよ」

「言われてみりゃ、そりゃそーだ」

思い返してみれば、一昨日帰って来てすぐ、全員に『月狼《ルナ・ウルフ》』のことを教えた。

サクラに至っては、『娼啜』まで見せたのである。

それにサクラは、確か夜行よりレベルが上の個人技能《スキル》『刀剣目利《めき》き』を持っていた。

だから長さも重量も切れ味も能力も、全部知ってる筈だ。

「流石に、私の腐士道《ふしどう》……まちがえた……武士道的な、こう、割とフワフワした何かに……反す、るかも？」

「何で最後疑問形なの？　ねえ、教えてくれるんだよね？　ホントに教えてくれるんだよね⁉」

なんか不安になってきたんだけど。

ただでさえ夜行は、過去のトラウマによって、ポニーテール女子に対して懐疑的《かいぎてき》になっているのだ。

「落ち着け、落ち着くんだ俺……びりーぶびりーぶ、信じる心を忘れるな……あれ、びりーぶって綴《つづ》りなんだっけ……」

自分でもビックリするくらい英語力が低過ぎて、全米の夜行が泣きそうだった。

他も低いけど。体育と家庭科以外全滅だけど。

「……戌伏？」

「ッ！　オ、オーケーオーケー！　もう大丈夫だにゃー、続けておくんなまし」

とても気の毒なものを見る目を向けられてしまった。

例えるなら、テスト結果とか通信簿見た時の両親と同じ目だ。

「……ん。私の『流桜』は、柄を握る手から魔力を吸い上げて……花びらのように形を変え、刀身から撒き散らせる……柄ってどこか、分かる？」

「分かるわ！　どんだけ人をバカにしてんだ⁉」

そもそも夜行は、細かい分類こそ違うが大別すれば同じ『刀』を使っているのだ。

まあ他は色々とアレなので、サクラみたいな本職の侍とはちょっと違う……言うなれば洋風テイストなシャムラーイって感じではあるが。

「で？　花びら撒いてどうすんのよ、爆発でもすんの？」

だとしたら嫌過ぎる。

魔力で作られた花びららしく、夜行の身体に触れたら砕け散って消えてはいるが、もしその前に弾けられたら、爆発の衝撃までは消えない。

しかし次にサクラの口から放たれた言葉は、予想だにしていないものだった。

「――さあ？」

ぽーっと空を見上げながら、彼女はこともあろうにそう呟いた。

「さあって……ここまで教えて後は隠すの!?　自分で考えろとか許してよ、俺分かんないもん絶対！」

「……別に、意地悪したんじゃないわ……強《し》いて言えば、桜が舞って綺麗……ホントにそれだけ」

「」

二の句が継げず、絶句してしまった夜行。

綺麗なだけって。ホントに魔力を花びらにして振り撒くだけって。

それで等級『稀少級《レア》』って、アンタ――。

「何考えてんだ一体……」

「文句があるなら、これをくれた姫に言って……」

「何考えてんだ姫さん!!」

「刀はそれしか無かったんですー」

ですー、ですー、ですー。

少しエコーがかかって耳に届いたクリュスの声に、夜行は乾いた笑いを上げることしか出来なかった。

「そっちよりランクの低い『特級』の『娼啜』の立場がねえよ……なに、花が綺麗なだけって。ふざけてんの？」

「……いいでしょ、細かいことなんてどうでも……とにかく、説明は終わり……だから」

――はやく、始めましょう？

笑みを浮かべ、肩に担いだ野太刀を持ち上げて、その切っ先を天に向ける。

膨れ上がる殺気……にしてはあまりに素直で純粋な、闘気。

それに当てられ、一瞬前まで脱力していた夜行の表情が、瞬く間に凶笑《きょうしょう》へと変わった。

ひらひらと眼前で舞う花びらを邪魔臭そうに斬り払い、色の薄い唇に真っ赤な舌を這わせる。

「……ねえ戌伏……あなた、見たことある？」

愛らしく首を傾げ、サクラは問うた。夜行が前に踏み込もうとした一瞬前に。

「斬撃が、切っ先の遥か先まで届く――そんな、光景を」

夜行が前方への踏み込みを、サイドステップに切り替えたのは殆ど反射だった。

すとん、と。軽やかに振り下ろされた剣尖。

——斬り裂かれる。

刃など届いていない、届きようが無いずっと先まで、地を走るように、空を裂き進むように斬撃が飛ぶ。

そしてサクラの振るった太刀筋と寸分たりとも違うことなく、数十メートル離れた練兵場の頑強《がんきょう》な壁が両断された。

「あら……壁の手前で止めるつもりだったのに。やっぱり、細かい加減は難しい、わ……」

「………マジ、か」

やってしまったとばかりに額に指先を当て、再び野太刀を肩に担ぐサクラ。

彼女が立つ位置から両断された壁まで、一直線に地面が割れていた。

「花びらを撒くから『稀少級《レア》』、じゃないの。刀として優れているから……『稀少級《レア》』なの」

「……なるほど、おみそれしたよ」

とは言え、斬撃が伸びたのは恐らく刀の性能ではなく技《アーツ》によるものだろう。

あの刀を持っただけでこれだけのことが出来るのなら、等級としては『稀少級《レア》』どころか『唯一級《ユニーク》』でも決しておかしくないだろうから。

夜行は『娼啜』を逆手に持ち替え、右腕を広げて大きく腰を落とした。

通常ならバランスを崩して転ぶだろう程の前傾姿勢を取り、脚に力を込める。

異常なまでの軽量体だからこそ可能な、這い回る獣のような構えだった。

「威力は、抑えるけど……ちゃんと避けてね……私もあなたほどじゃないけど、加減……得意じゃないから」

「ヒャハハハッ、これでセーブしてんのかよ。本気だったらどんなモンになるんだ、えぇ？」

疼《うず》き始める獣性に身体を揺らしながら、夜行が愉しげに笑う。

再び刀の切っ先を天へと向けるように持ち上げたサクラもまた、薄く笑みを浮かべる。

「刀術系技《アーツ》『一刀供養《くよう》』。全力で放てば……湖を割る」

「……だからどうして、どいつもこいつも──環境破壊でスケールを判断してんのかなァアッ‼」

咆哮《ほうこう》と共に、一瞬視界から姿が消えるほどの速さで駆け出す夜行。

野太刀を軽く振り下ろし、見えない斬撃を放つサクラ。

それは、殺さないように、出来るだけ怪我をさせないようにと気遣い加減された、言ってしまえばじゃれ合いだった。

しかし周りで見ていた兵士達は、獣と侍がぶつかる様を鳥肌の立つような思いで、その目へと焼き付けていた。

一閃、二閃、三閃。

飛来する斬撃を右へ左へとかわし、刀を振るうサクラとの距離を詰める夜行。

四度目の攻撃をかわすと同時に自らの間合いへと入り、刃を返した『娼啜』で、サクラの胴めがけて薙ぎ払う。

シャリイイイッ！

だが、峰《みね》から柄を通して感じられたのは、肉を打つ手ごたえではなく擦れるような金属音だった。

夜行の刀は、彼女の『流桜』によって撫でるように太刀筋を逸らされていた。

それにより体勢を崩しかけた夜行へ向け、返す刀で放たれる斬撃。

目前まで迫った白刃を、夜行は殆ど地面と平行になる角度でのスウェーバックで避ける。

「シィッ！」

地面に突き刺した『娼啜』を軸に逆立ちとなり、右足を蹴り上げるも、読まれていたのか、少しだけ身体を後ろに傾けたサクラの鼻先を素通りした。

蹴りの勢いをバック転に利用し、刺した得物を引っこ抜きながら距離を取りつつ着地する。

既に次の攻撃に移っていたサクラの斬撃を、半身逸らして回避。

再び踏み込み、間合いを詰める。

避け、斬り、避けられ、斬り。

回避と攻撃の応酬を幾度か繰り返し、その間互いに掠り傷ひとつ負うことさえなかったが、代わりとして、鋭く長大な斬撃の跡が練兵場に重ね刻まれて行く。

「ヒャハハハァッ！　少しはこの後始末をする連中のことでも、考えてやったらどうなんだよォ！」

「……あなたが避けなければ、これ以上斬らずに……済む」

上段からの振り下ろしと、そこからの切り上げによる連撃。

地伝いに襲い来るそれらを横にかわして、夜行は更に口角を吊り上げて笑った。

「ジョークがキツいぜ美作ァ！　防御力紙っぺらの俺がこんなもん食らったら、一発で戦闘不能になっちまうってぇの！」

避けてかわして、斬って斬って斬って斬って。

夜行の選択肢に存在する項目は、攻撃か回避のほぼ二択。

下手すれば一般的な兵士にすら劣る防御力しか有していない夜行に、防ぐことなど出来はしない。

増して相手の攻撃が真空の刃では、手にした得物で受けることすら不可能だった。

軽口を挟みつつも繰り返される2人の攻防。

形勢は、一見すれば夜行がやや不利と言ったところだろうか。

純粋なスピードなら比べるまでもなく夜行に軍配《ぐんばい》が上がるも、攻撃面ではサクラが勝っていた。

一撃の威力も射程も、両者には大きな開きがある。夜行の一撃が放たれるまでの間に、サクラからは四度か五度の攻撃が行われていた。

そもそも、剣を振るう練度《れんど》が違う。

大別すれば同種の武器を使っていると言えど、彼等の戦い方は似ても似つかないものだった。

片や初めて刀を手にしてから、精々十数日しか経っていない素人。

片や十年以上剣術を学び続けてきた、謂わば達人。

本能のままに攻める猛獣と、積み重ねてきた経験に裏打ちされた実力を持つ武人。

どちらが強いと一概に言えることではないが、少なくとも試合の形で戦ったなら、夜行に勝ち目など殆どなかった。

――だからこそ、昂ぶる。

「ヒャッハハハハハァッ‼」

相手を気遣い、実力を加減してこの強さである。

恐らく本気を出されたら、素の状態ではまず敵《かな》わないだろう。

移動速度は勝っていても、攻撃速度で劣っているし、無駄の多い夜行の動きでは、どんなに速く動いても予備動作《モーション》で見切られる。

ついでに言えば……何の意味があるんだと馬鹿にした、そこら中に舞ってる桜の花びら。

これが、意外にもうざったい。

ひらひらひらひらと視界の中でちらつかれて、邪魔なことこの上ない。

お陰でサクラの微妙な動きや仕草が、見え難《にく》くてしょうがなかった。

「確かに俺より強いなマジで！　殺さねーように傷付けないよーに戦《や》ってたら、まず勝てる気しねーわ！」

このような味方同士の模擬戦《もぎせん》では、戦闘における制約が多過ぎる。

刃へと触れただけで自分より軟《やわ》いものを問答無用で両断する『娼啜』の力も、この場面では寧ろ邪魔にしかならないのだ。

……まさか殺しだの大怪我だのがタブーな状況だと、自分の力がここまで使い物にならないなんて。しかも相手が格上とか、どんなイジメだ。

「…………」

加速度的に昂ぶる精神とは裏腹に、どうしたものかと攻めあぐねる夜行。

その間にもじっと、夜行の動きひとつひとつをつぶさに観察していたサクラが、不意に小さく口を開いた。

「……そう。やっぱり、そうなの」

「あァ？」

夜行は彼女の呟きを耳ざとく聞き取り、首を傾げる。

対するサクラは一旦攻撃の手を休め、野太刀を肩に担ぎ、確信めいた口調でこう言った。

「……戌伏、あなた。自分の速さを……半分も扱えていないのね」

瞬間、夜行の表情が笑みの形のまま強張る。

「『ムーンウォーカー』により得た、3倍のＡＧＩ値……移動や回避に特化した技《アーツ》も込みでなら、現状のステータス値でもあなたは音速に近いスピードだって出せる筈」

とんとん、と刀の峰で肩を叩き、ぽーっと空を見上げるサクラ。

「……確か、あなたのそのスキル……正確に言えば速くじゃなくて、軽くなるものだったわね……」

「…………」

「要するにＡＧＩ値が3倍になったのは、単純に身体が軽くなったから。つまりあなたの根源的な敏捷性《びんしょうせい》は、全く変わっていない」

身体能力が向上したのではなく、体重が軽量化しただけ。

反応速度や動体視力は変化しないまま、ただスピードだけが急上昇した。

――そう。そんな有様では、制御する力など伴うワケが無いのだ。

「きっとあなたは、本気で動けば……周りに何があるのか、それさえも分からない。だから自分でコントロールできる程度の速さしか、使わない」

……なんと言うか、ぐうの音も出やしなかった。

何ひとつ間違いない、図星そのものだったのである。

普段、夜行は追いつかない反応や動体視力を、技巧力《DEX》と勘で補っている。

だが『ムーンウォーカー』による上昇分を除けば、ステータスはＡＧＩ値よりＤＥＸ値が少し上回っている程度。

つまり上昇後のＡＧＩ値は、ＤＥＸ値のおよそ３倍。完全に御《ぎょ》しきれる筈などなかった。

結果生まれるのが、自分自身でも扱いきれないレベルの規格外な速さで、それをどうにかできる現状唯一の手段が、『ビーストアッパー』だった。

精神の昂ぶりと能力の一時的上昇により、高過ぎる敏捷性が制御出来るようになるのだ。

戦闘能力の上昇というのは、実のところその意味合いが強い。

元から持っているものが、十全に扱えるように施される強化。

理屈は知らないけれど、この身に流れているらしい獣の血の濃度を上げることで、そうなるらしかった。

それでも足りない場合や、度《ど》し難《がた》いほどの怒りに血が反応したりして起きるのが『半獣化』。

血の濃度を上げ過ぎて、身体までもが獣へと変異するあの現象である。

……未だ変異したのは1回だけ。しかも不完全な形だったが、アレは物凄く疲れる。

そもそも『ビーストアッパー』は自分の能力以上のパフォーマンスを発揮するんだから、疲れるのが当然と言えば当然なんだけど。

ま、平たく言えば、俺はかなり不利な戦闘にならないと、全力で動き回ることもままならないってことだ。

「たとえ片鱗《へんりん》程度でも、本気を見ておかないと……刀を抜いた、意味が無い」

やれやれと言わんばかりに、かぶりを振るサクラ。

「……だから仕方ない、わ」

そのまま彼女は野太刀を肩に担ぐと、ひとつ溜息を吐いた。

「あなたの力を、引き出すために……今から、一度だけ。本気で斬る」

真剣で斬り合っていようと、互いに加減していては遊びと変わらない。

そして遊びでは、夜行の本当の力を見ること、知ることは出来ない。

サクラは『流桜』をゆっくり鞘に収めると、柄に手をかけて、完全に力を抜き去った。

「…………」

鞘に刀が収まった瞬間、あたりに舞っていた桜の花びらが、霧散《むさん》するように消える。

徐々に彼女の内側から、闘気を塗り替えるように殺気が噴き出していく。

それを敏感《びんかん》に感じ取った夜行の表情が、狂喜の色を浮かべ始めた。

「ひひっ……いいねェ、心地いい殺気だ！　ああ、遠慮すんな！　防刃コートを着てればまあ、受け損なっても死ぬことはねぇさ！」

「……そう」

だらりと猫背になり、加速する前の前傾姿勢になる夜行。

深く腰を落とし、居合の構えを取るサクラ。

――張り詰めるような空気が満ちる。混ざり合うのは、殺気と狂喜。

彼等の姿を見遣った誰かが、ごくりと固唾《かたず》を呑む。

流れる時間も止まったかのように、練兵場とその付近から、数秒間全ての音と動きが消えた。

「――ッヒャハハハァッツ‼」

静寂を破り裂くように響いたのは、夜行の耳に障る高笑い。けれどその動きを見ることが出来た者は、千影達勇者の面々だけだった。

一瞬。

20メートルあった間合いを一瞬で詰め、その更に先へ。

サクラの立つ位置、その少し後ろに佇《たたず》む夜行の姿があった。

常人には視認さえ出来ない、まさに『目にも映らない速さ』。強敵との戦闘時にのみ可能となる、制御された速さだった。

見ていた者の殆どは、ただ呆けるばかり。

「…………チッ」

やがて夜行は軽く舌打ちすると、コートの裾を押し退けるように翻し『娼啜』を鞘に収めた。

そして、いつの間にか刀を抜いた状態で立っていたサクラへと振り返る。

浅く頬に引かれた傷から、じわりと血を滲ませていた。

「避けたと思ったんだが……俺の負け、ゲームオーバーだわ」

「──いいえ」

サクラもまた『流桜』を鞘へ戻し、鍔鳴《つばな》りの音を軽く響かせる。

その瞬間。ぱさりと何かが地面に落ちた。

「引き分け、よ」

髪の毛数本と共に鋭く断ち切られた、自分の髪を結んでいた細いリボンに視線を下ろしたサクラは、不意にそよいだ風にさらさらと黒髪をなびかせる。

それから何処か納得いかない風な、憮然《ぶぜん》とした口調でそう告げたのだった。

Ψ

「しっかし、改めて見ると結構すげーことになってるな」

幾つもの斬撃の跡が深々と刻まれている練兵場を見渡し、夜行がそう言った。

皆の視線が下手人《げしゅにん》であるサクラの方に向くと、彼女はぷいっとそっぽを向く。

「……私、悪くないわ。戌伏が全部避けるからよ」

「避けなきゃ大怪我して、再入院コースなんだけど……防刃コートじゃ、斬撃の衝撃までは防げないし」

と言うか、あんなもの食らってピンピンしてそうなのは千影くらいなものである。

如何《いか》に威力を加減していようと、真空の刃を飛ばしていたのだから。

「がっはっはっは！　よーし野郎共、３時間で元通りにするぞ！」

「「「「無理ッス‼　流石に無理ッス‼」」」」

その千影はと言えば、何故か練兵場修復作業の陣頭指揮を執《と》っていた。

どうでもいいが、この男ほど土木作業の似合う人間も中々に珍しい。

「ＺＺＺ……」

「しかし、全然起きないわね伊達君は……」

軽く寝息を立てて熟睡《じゅくすい》を続ける雅近を、呆れた顔で見下ろす九々。

横には未だ昏倒中の平助の姿もあったが、取り敢えずよくあることなので皆スルーしている。

「った！　痛い、消毒液が染みる！」

「駄目ですよぉ戌伏君、動いちゃ。手元がずれて余計に痛いですよー」

いつものようにふわふわと笑いながら、夜行の頬に出来た傷を手当てする躑躅。

顔を顰《しか》めた夜行を見つめる彼女の表情は、何やらいつにも増して楽しそうだった。

「……リボン、切れちゃった……お気に入りだったのに」

そして目にも映らない刹那《せつな》の交錯《こうさく》の際、夜行に斬られたリボンを見つめるサクラ。

言葉通りに余程お気に入りだったのか、口調も表情もどこか哀《かな》しげな響きを含んでいる。

それを見たクリュスと九々、躑躅の視線が今度は夜行へと集まる。

夜行は気まずげに頬を掻いた。

「あー……わ、悪い……今度代わりに簪《かんざし》でも買ってやるから、それで勘弁してくれ……」

「……ほんと？」

じっと夜行を見上げ、サクラは首を傾げて尋ねた。

ホントホントと頷く夜行の目と、サクラの赤色の瞳が……しばし重なる。

「……ん……絶対、よ？」

「こんなことで嘘なんか吐かねぇよ……夜行君、嘘吐かない」

幾度も念を押された挙句、どういうワケなのか指切りまでさせられる。

なんだか信用されてない気がして、ちょっとばかり心外だった。

「じゃあ私は、綺麗なネックレスが欲しいです」

「わたしはあらん限りの肉料理が食べたいです！」

「えっと、腕輪……は、銃を撃つのに邪魔だから……イヤリングとか、欲しい……かな」

「私《わたくし》は指輪を」

「なんで鳳龍院さん達にまで買う流れになってんの⁉」

躑躅、クリュス、九々、ホイットニー……油断も隙もあったものではない。

てか、いつの間にやら1人増えていた。

「綾崎《あやさき》さん……いつからここに？」

「ついさっきで御座います。そしてヤコウ様、私の名はホイットニーです」

優雅《ゆうが》に一礼するホイットニー。

ホントに、いつ現れたのだろうか。

「そして姫様。先程、界境の砦《とりで》より連絡が入りました」

「！　魔族軍に、何か動きがありましたか!?」

詰め寄るクリュスの問いかけに、ホイットニーは重々しく頷く。

そして彼女の口から紡がれた言葉により、場の空気は一変するのだった。

「正式に魔族軍から、宣戦布告の通達が届きました。ほんの、20分前のことで御座います」

Ψ

「――皆様、遂にこの時がやって参りました」

円卓に掛けたクリュスが、同じテーブルにつく夜行達の面々を見渡しながら、重々しく呟く。

ホイットニーから彼女達へと伝えられた、魔族軍からの宣戦布告。

それは以前の大戦以来7年間続いた小康状態、かりそめの平和が破られたと言うこと。

北と南に分かれたこの世界、『大陸』で幾度となく繰り返されてきた戦い。

人間と魔族という、相容《あいい》れない両種族間における全面戦争の口火が、とうとう切られようとしているのだ。

「南北を隔てる3つの界境がひとつ、我がラ・ヴァナ帝国に面する第1界境付近に集結した魔族軍3万1千が、3日後、帝国領内へ侵攻を開始すると正式に通達が来ました」

対する人間側の防衛戦力は、帝国軍15万に加え人間界4諸国からの増援が延べ6万の、計21万。

7年前の戦役に比べれば、双方ひと回り規模の小さい戦いとなる。

兵力差にしておよそ7倍。

しかしながら、6倍の兵力差があった前大戦にて受けた被害を考えると、この数字も決して万全とは言えなかった。

魔族の雑兵《ぞうひょう》1人でさえ、帝国軍の精鋭5人に匹敵する力を持つとされる。

明らかに兵質で劣る以上、どれだけ数を増やそうともある程度の犠牲は避けられない。

更に魔族は、自らの魔力で魔物達を飼い慣らし、戦力水増しの手段として使役《しえき》しているのだ。

味方側の兵力など、どれだけあっても多過ぎるなんてことはなかった。

「裏で魔族の開戦準備を嗅ぎ付けていた我が国とは異なり、諸国の対応は数歩出遅れた形となります。未だ碌《ろく》に戦支度も整っていない中、４国合わせて６万の兵を出せただけでも御《おん》の字です」

特に残りの界境に面した２つの国は、自国の警戒だって怠れない。

３日後までにこれ以上の増援を用意することは困難で、何より１箇所に膨大な数の軍を固めても動きを鈍くするだけ。

戦場となる第１界境の地形的にも、今の数がほぼ最大数と言えた。

「此度《こたび》の戦いは前哨戦《ぜんしょうせん》と呼べるもの。勝利した側の士気は向上するので、正面からのぶつかり合いとなるでしょう」

加えて言うなら、諸国が態勢を整えるための時間もある程度稼ぐ必要がある。

決して安心できない戦力差で真正面から押し合う。

如何《いか》に人間界最大の大国と言えど、まず苦戦を強いられるだろう状況だった。

――だが、何事も裏返せばメリットは存在する。

他国の戦支度が整っていないのだから、ラ・ヴァナ帝国がこの緒戦で指揮権のほぼ全てを握れる。

部隊配置や作戦の立案も思うがまま。自国の領内が戦場となるだけに地の利もある。

そして、7年前に壊滅的な被害を受けた人間側の傷は多少癒えただけで、強大な魔族達への畏怖《いふ》や恐怖は、未だ人々の心に深々と刻まれている。

この状況下で勝利を、それも圧倒的な勝利を挙げることが出来れば、得られる栄光も大きい。

増して勝利に大きく貢献した英雄が居たとしたら、向けられる関心と称賛は計り知れないだろう。

つまり――夜行達『勇者』が飾るべき初陣《ういじん》に、この上なく相応しい戦場なのだ。

「皆様の存在を、華々しい勝利の栄光と共に世界へ知らしめる。それこそが、人と魔族との終わりさえ見えない戦いに、終止符《しゅうしふ》を打つ第1歩である。わたしは、そう信じています！」

勢い良く立ち上がり、普段の眠たげな雰囲気などまるで感じさせない朗々とした声音で、クリュスが高らかに告げた。

ぐっと握られた彼女の拳は、外見相応に小さくも力強い。

召喚してから1ヶ月あまりの時間、己が目で見続けてきた勇者達とその力に全幅の信頼を置いていることが、見て取れるような仕草だった。

そのままクリュスは、手に持っていたカードを円卓の中央へと軽く放ち、可愛らしくこてんと首を傾げた後、更に言葉を続けた。

「──と、それはさて置き。わたしはアガリですー」

ぱちぱちぱちぱち。

クリュスが自分で自分に拍手を送っている姿を見遣りながら、隣の椅子に掛けていた雅近が小さく舌打ちする。

「チッ……これで３連続首位か。麻雀の時といい、なんて引きのいい女だ」

「あ、俺もアガリだわ。おっさきー」

イエーイとハイタッチを交わす、夜行とクリュス。

対して、未だかなりの手札が残っている平助は力なく笑っていた。

「へ、へへへ……なんか知らんけど、やたらスキップとかリバースとか出されて、そもそも手番が全然回って来ないんだけど」

「平助、俺様からのドロー２だ！　ありがたく受け取れ、がははは！」

「ようやく回ってきたと思えばイジメかよ！　10枚くらい札あんのに、同じドロー２どころか記号カードが1枚たりとも無いから回避できない！」

更に増えた手札に絶望し、唸り声と共に顔を伏せる平助。

一方でサクラが、訝《いぶか》しげに眉根を寄せて誰ともなしに尋ねる。

「ねえ……スキップの2枚出しって、アリだったかしら……？」

「私のところだと、普通に皆やってましたよ？」

「オレ達の界隈《かいわい》じゃ記号カードの複数出しは無しだったが……まあいい、アリにしておこう」

躑躅と雅近の意見が食い違う。ローカルルールが異常に多いため、所々でこうしてプレイが止まってしまうのだ。

今度この面子での決まりを考えておくべきかと思いながら、雅近もまたカードを出す。

「………」

そして。

手洗いから戻った九々はそんな光景を見て、凍りつくような目をしていた。

彼女の心中にあった思いは、たったひとつ。

「アンタ達……何やってんの？」

「U●O」

声を揃えて返した、夜行達７人。

見れば分かるだろ、みたいなニュアンスを込めて放たれた言葉に、九々は痛みを訴えてくる頭へと手を当てる。

――数秒後。部屋を１歩出れば誰もがバタついているこの非常時に遊んでいたバカ共に、１人１発ずつ、魔力の弾丸をお見舞いしてやるのだった。

「アンタ達ホントに何考えてるの⁉　あぁやっぱり答えなくていいわ、どうせ何も考えてないでしょうから！」

「失敬《しっけい》だな委員長。オレを夜行や鬼島と一緒にするな」

「「どう言う意味だそれ‼」」

バカ呼ばわりされたことを敏感に察知し、憤慨する２人。

しかし雅近は全く取り合わず、やれやれと両手を上げて皮肉気に笑った。

「仲間に入れて欲しかったなら、言えば良かったものを。全く、照れ屋だな」

「ちっがうわよ、このバカ集団‼」

「……わたし、面と向かってバカとか初めて言われました」

「私もです……お父様にも言われたこと無いのに……」

何気に人生初の体験に、クリュスと躑躅がぽそりと呟いた。

ショックだったのか、２人とも複雑そうな表情を浮かべている。

九々はガシガシと、若干ヒステリー気味に頭を掻き毟った。

自分がトイレへ行く前は真面目に話していた筈なのに、どうしてあんなことになっていたのか。

「あぁ……ッ！　姫様も、どうして一緒になって遊んでるワケ⁉　今日これから界境付近の砦にまで行くから忙しくなるって、言ってたじゃない‼」

「その準備がまだ出来てないのですー」

「で、出発準備が終わるまで暇だったから、時間潰しにU●Oやってたんだよオレ達は」

……他にやること幾らでもあるでしょ。

悪《わる》びれもせずあっけらかんと言い放った雅近に、もう数発弾丸を撃ち込んでやろうかとも考えた九々だったけれど、扉を開けて部屋へと入ってきたホイットニーにより、そんな思考は中断された。

「姫様、皆様。出発前のお召替《めしか》えの用意が整いました」

「……お召替え？」

首を傾げる九々に向け、ぴっと指を立ててクリュスが説明する。

「実は今、ヤコウ様以外の方々が使っておられる防具や衣服は、間に合わせの既製品でして。皆様の訓練データなどを元に、予《かね》てより専用装備の製作を行わせていたんです」

「ギリギリになりましたが、つい先程最後の点検が終わりました。発《た》たれる前に、どうぞお着替え下さい」

これから魔族軍と一戦交えるに当たって、装備品の性能が上がるのは言うまでもなくありがたい。

各自ホイットニーの引き連れてきたメイド達に案内され、新たな装備へと着替えに向かう。

自分には関係ないと、興味無さそうに椅子に掛けていた夜行だったが、クリュスの口から意外な言葉が飛び出した。

「ヤコウ様も、こちらに。ご用意がありますので」

「へ？　俺にもあんの？」

こくりと、彼女は頷く。

しかしまだ、夜行が帝都に帰ってから2日しか経っていない。普通に考えれば、たったそれだけの期間で専用装備を作るなど、まず不可能だろう。

一体どんな手を使ったのかと思いつつ、クリュスに連れられ部屋を出る。

考えても詮無《せんな》いような疑問よりも、新装備への興味の方が大きいのであった。

Ψ

７人が一度別れてから、十数分。

着替えを終え、再び同じ部屋へと集まった。

「……ちょっと姫様、ひとつ質問いいかしら」

「なんなりとー」

「もしかして、ふざけてるの？」

突然な九々の言葉に、きょとんとした顔を見せるクリュス。

言っていることの意味が分からない。そんな仕草で首を傾げている彼女を尻目に、ぎりっと歯を軋ませながら九々は勢いよく指差した。

自分を含め、とても異世界の勇者が着るようには見えない服を、それぞれ身に纏った仲間がそこにいた。

「なにアレ⁉　なんなのコレ⁉　自分でも着ておいて突っ込むのはアレだけど、完全にニューヨークスタイルの若者達じゃない‼　完全にダウンタウン出身のゴロツキ集団じゃない‼」

何故か部屋の内装まで、落書きされた薄汚いレンガ壁へと変わっていた。

……よく見ると、精巧《せいこう》に作られた書き割りだった。

「にゅーよーく……？　クク様の言うことは、何だか少し難しいです」

「この期《ご》に及んでとぼけるワケ⁉　わざわざ内装まで変えておいて‼　ヒップホップ流れてるし‼」

今更ながら、九々はここが本当に異世界なのか疑わしくなってきた。

書き割りと一緒に配置されている錆《さび》の浮いたドラム缶に腰掛け、駄弁《だべ》っている夜行達を見ていると特に。

「アンタ達もなんで順応してるのよ⁉　疑問に思いなさいよ‼」

「——は？　え、なんて？　なんか言った？」

ダメージジーンズにパーカーを着込み、ラジカセを担いだ夜行がガムをクチャクチャさせながら聞き直す。

そりゃあ耳元でラジカセを鳴らしていれば、聞こえないのも当然だろう。

「音量下げなさい！」

「え？　なに、聞こえない」

「だから音を下げなさい！　て言うか、その耳障りな音楽を止めなさい！」

「……おー！」

ほぼ目の前で叫ばれたので、流石に聞こえたらしい。

ところがぷくっとガムを膨らませた夜行は、何やらしたり顔で頷いた。

「委員長も気に入ってくれたか！　神懸《かみが》かってんだろ、このグルーヴ！」

「ボリューム絞れっつってんのよ大馬鹿ァッ‼」

とうとうキレた九々の手により撃ち抜かれ、破壊されるラジカセ。

途端に表情を変えた夜行達が、一斉に彼女を取り囲んだ。

「ファック！　何しやがんだ、腐れジャ●プ！」

「アンタもその腐れジ●ップだからね⁉　てか、伊達君キャラ変わってない⁉」

「三途《さんず》の川ァ渡ったぞてめえ！　これからMAZOKUとか言うチーム狩りに行くとこだったが、その前にてめえを吊るしてやろうか、ガール⁉」

「戌伏君に至っては、もう完全にノリがチンピラ‼」

他にも、ニットキャップを目深に被り、どうしてかバスケットボールを持っている平助。セーラー服にロングスカート姿で、指の間にカミソリの刃を挟み、もう片方の手にヨーヨーをぶら下げたサクラ。

「美作さん⁉　よく見たら1人変なの混じってた！　や、漏れなく全員変だけど‼」

「……あ、悪逆非道《あくぎゃくひどう》は見逃さない……ぜ、ぜよ」

「照れがあるなら止めればいいじゃない！」

用意周到《よういしゅうとう》に設置されていたバスケットゴールに向け、平助がスリーポイントシュートを決める。

「左手は、添えるだけ！」

「アンタはもう何がしたいのかさえ分からないわよ‼」

もう状況が全く理解できず、九々は頭痛を通り越して眩暈《めまい》を覚えた。

そして残るは、千影と躑躅。

この２人に至っては、最早ニューヨークどころか世紀末スタイルだった。

「がはは、ビビって動けねえか！」

「鬼島君、最初にやられそうな人っぽい台詞ですねぇ……」

「………………」

九々の脳の処理能力が追いつかない。

ひとつしか口を持たない人類が１人では、突っ込みきれなかった。

「戌伏夜行ぉぉぉぉッ‼　アンタも突っ込みなさいよ‼　サボってないで仕事しなさいよ！　理不尽《りふじん》に抗いなさいよ！　私を孤独《ひとり》にしないでよぉぉぉぉッ！！！」

「断る、俺もどっちかと言えばボケ側だし。他に誰も突っ込みが居ない時だけ、臨時で担当してんの」

――遣うような思いで縋り付いた、最後の光明《こうみょう》も虚しく消える。

絶望と共に……九々はその場に崩れ落ちた。

ちなみにこの服装に関しては、完全に冗談だった。

「心温まるプリンセスジョークだったんですけど」

「笑えないのよ、この天然電波ァッ‼」

頭にたんこぶを作ったクリュスの泣きながらの指示により、今度こそ本物の新装備が配られ、一行は気持ちも新たに界境へ向けて、帝都を発つのだった。

Ψ

開け放った窓から、私は宮殿上空を見上げる。

見えたのは、蒼い鱗《うろこ》を持った巨大な竜が北へと飛び去っていく姿。

片手で覆ってしまえるほどに小さくなるまで離れているにも拘らず、力強い羽ばたきの音が微かに耳を撫でていた。

――あれが、帝国第1皇女が飼い慣らしていると伝え聞いた2頭の竜の片割れか。

サイズからして、間違いなく100年以上生きている成体だ。

……しかし。

第1皇女の年齢を考えると、たとえこの目で実際に見ても……俄《にわか》には信じられなかった。

竜は強大な生物だ。大陸に存在する全ての魔物の中でも、間違いなく3指に入る強さを誇る。

更には言葉こそ話せないが、人語を理解するほどに頭もいい。そしてそれ以上に気位が高く、同族とだろうと一切群れることはない。

魔物の使役を得意とする我々魔族でさえ、竜を使役できる者など今の軍には1人も居ないと言うのに。

そんな竜を、しかも2頭。一体どのような手段で飼い慣らしたのだろうか。

自分で卵から孵《かえ》したり、生後間もない幼生から育てたのであれば、まだ理解できる。

決して多くないが、歴史の中でそうやって竜の使役に成功した魔族は存在した。

だが、竜は成体に育つまで100年以上の時を要する。

しかし第1皇女リスタルは、第2皇女クリュスの双子の姉。当然その年齢は妹と同じ21歳。

どう考えても時間が足りない。一から竜を育てるなど、不可能だ。

つまり第1皇女は、魔族にも不可能だった成体の竜を飼い慣らすことに成功している。

それを成した手段の調査も、私の任務に含まれていたのだが……生憎、手掛かりさえ掴めなかった。

何せ当の本人が病弱なため、会うことさえままならない。だからと言ってあちこち嗅ぎ回れば、否が応にも怪しまれる。

自分の正体が露見《ろけん》するのは勿論のこと、宮殿に間者《かんじゃ》が入り込んでいる事実にも気取られてはならないと命を受けている。少しでも疑われるような動きは控える必要があった。

何より、第1皇女の件はあくまでついでだ。

副題をこなすことに躍起《やっき》となって、本題を疎《おろそ》かにしては目も当てられない。

私がまず果たさなければならなかったのは、この国で最も重要な機密のひとつに、探りを入れることなのだから。

「………」

懐から取り出した、7枚のパーソナルカード。

もっと細かく言うなら、本物のカードからデータを写し取った代物。

勇者達の詳細なステータスが記された——謂わば、コピーカードである。

……たかがこんな金属板を手中へ収めるだけで、随分と時間を使ってしまった。

とは言え、仕方ない。第2皇女は一見隙だらけのようで、その実中々の食わせ者。

魔族《わたし》が宮殿内に入り込んでいることにまでは気付いていなかったが、間者を常に警戒していた。

あちこちに配備された兵や隠密《おんみつ》の目を掻い潜ることは、幾ら私でもそう簡単なことでは無い。

更に言うなら、パーソナルカードは本来そう簡単に他人に見せるものではないのだ。

基本的に肌身離さず持ち歩くため、気取られないよう盗み見ることは至難だった。

写し取ったカードで見ることが出来るのは、コピーした当時のステータスだけ。

目まぐるしく成長を続ける勇者達相手なら、可能な限り新しい物を得るに越したことはなかった。

結果として、奴等の出発寸前にデータが取れたことは、僥倖《ぎょうこう》だろう。

しかし、振り返ってみれば我ながら冷や汗ものだった。

遊び好き、冗談好きな第2皇女に、勇者達の着替えとしてふざけた衣装を用意することを提案。

着替えの間にいつも肌身離さず持っているパーソナルカードを拝借《はいしゃく》し、複製する。

終わってみれば面白いほど上手くコトが運んだけれど、実際は紙一重の方法だった。

中でも、ヤコウ・イヌブシの場合は厄介極まりなかった。

何せ隻腕の彼を気遣い、皇女自ら着替えを手伝っていたのだから。

私が扱う催眠《さいみん》は、長い時間をかけてこそ効力を発揮する類のもの。

ただでさえ暗示が効き辛いあの2人に疑われたら、私の存在に何か疑問を持たれたら——途端に全ての術が解け、戦闘能力に乏しい私は抵抗も出来ないまま殺されるか、捕らえられただろう。

まさに獣並みに勘の鋭いヤコウと、隙があるのか無いのかさえ分からない第2皇女クリュス。

2人の目を盗み、どうにかカードの複製を作ることに成功した時は、ガラにも無く本気で安堵したものだ。

「このようなことは、今後一切御免で御座います……」

とにかく、目的の物は手に入った。

後はこの国を、『人間界』を抜け出し、『魔界』の拠点で本国に連絡を取ればいい。

……だが、その前にパーソナルカードの複製が滞りなく成功しているのか、一応確認をしておかねば。

大丈夫だとは思うが、万一と言うこともある。

「――開け、ステータス」

私は小さくそう呟き、カードの表面を撫でた。

瞬間、７枚の金属板がそれぞれ淡く光を放つ。

数秒後。恐らくは我が魔族の大敵となるだろう者達のステータスが、露わとなった。


＝＝＝＝＝＝＝＝＝＝＝＝＝＝＝＝＝＝＝＝＝＝

『鬼島　千影』
レベル27
クラス：機甲将軍《マシナリー・ジェネラル》
称号：『二重鎧の怪童』
HP（ヒットポイント）：１１１０／１１１０
MP（マジックポイント）：75／75
SP（スタミナポイント）：６９０／６９０
STR（筋力）：２６５
VIT（耐久力）：１９４＋96

ＩＮＴ（知力）：12
ＲＥＳ（抵抗力）：１７５＋88
ＤＥＸ（技巧力）：37
ＡＧＩ（速力）：58
▼個人技能《スキル》
古傷（頭）：頭を強く打って出来た古傷。ＩＮＴマイナス補正。
体術レベル８：戦闘訓練を積み重ねた格闘技術。格闘戦での能力補正。
男の友情：特定の人物がパーティ内に居る際、攻撃力10％アップ。対象者『戌伏夜行』。
日々鍛錬《たんれん》：筋トレ趣味。ＳＴＲ上昇率アップ、ＩＮＴ上昇率ダウン。
筋肉の鎧：ＶＩＴ、ＲＥＳ数値１・５倍、ノックバック率減。
▼クラス技能《スキル》
機甲マスタリーレベル５：機甲系アーツを習得可能。
鎧の加護：全身鎧を装備時、ＩＮＴ、ＭＰ以外の全能力上昇。
自己修復：装備中の鎧系防具が、時間経過と共に修復される。
＝＝＝＝＝＝＝＝＝＝＝＝＝＝

＝＝＝＝＝＝＝＝＝＝＝＝＝＝＝＝＝＝＝＝＝＝

『伊達　雅近』
レベル20
クラス：滅魔導《スレイヤー》
称号：『不動非働《ノットワーク》の天才児』
HP：200／200
MP：950／950
SP：100／100
STR：37
VIT：31
INT：298
RES：214
DEX：66
AGI：43
▼個人技能《スキル》
怠惰：生来の怠け者。取得経験値10%ダウン。

秀才：優れた頭脳の持ち主。ＩＮＴ上昇率アップ。
幼馴染本願：『戌伏夜行』がパーティ内に居る場合、全能力ダウン。
不屈《ふくつ》の精神：曲げることのない信念。ＩＮＴ、ＲＥＳ、ＭＰ上昇率アップ。
強制労働：『テスラ＝リッジバック』がパーティ内に居る場合、取得経験値15％アップ。
　ＭＰ、ＳＰ消費率30％アップ。
▼クラス技能《スキル》
殲滅《せんめつ》魔法マスタリーレベル４：殲滅系魔法を習得可能。
精神の泉：ＭＰ回復速度上昇。上昇率はＭＰ最大値とＩＮＴ値に依存。
術式合成：異なる２つの魔法を組み合わせ、行使することが可能。
＝＝＝＝＝＝＝＝＝＝＝＝＝＝＝＝＝＝＝＝

＝＝＝＝＝＝＝＝＝＝＝＝＝＝＝＝＝＝＝＝
『鳳龍院　躑躅』
レベル25
クラス：強奪者《シーザー》
称号：『嗜虐令嬢《しぎゃくれいじょう》』

HP：105／105
MP：280／280
SP：80／80
STR：26
VIT：28
INT：71
RES：65
DEX：309
AGI：33
▼個人技能《スキル》
本性偽装《ぎそう》レベル9：己を偽《いつわ》る技術。卓越《たくえつ》しており、日常の態度からこれを見破ることは困難。
サディスト：他者を痛め付けることに快感を覚える。攻撃力30%上昇、防御力30%ダウン。
楽器演奏レベル4：楽器を扱う技術。アマチュアクラスでは最上級。
権謀術数《けんぼうじゅっすう》：裏での暗躍《あんやく》に秀でている。諜報《ちょうほう》、政治能力に補正。
拷問《ごうもん》術レベル6：苦痛と恐怖を与えるための知識、技術。拷問への抵抗感ダウン。

拘束術レベル5：相手の自由を奪う方法に対する知識。
▼クラス技能《スキル》
強奪《ごうだつ》マスタリーレベル6：強奪系アーツを習得可能。
エクスペリエンス・グリード：取得経験値20％上昇。
ピックポケット：スリの成功率上昇。上昇率はＤＥＸ依存。
アンロック：鍵開けの成功率上昇。上昇率はＤＥＸ依存。
＝＝＝＝＝＝＝＝＝＝＝＝＝＝＝＝＝＝＝＝＝＝＝＝
＝＝＝＝＝＝＝＝＝＝＝＝＝＝＝＝＝＝＝＝＝＝＝＝
『戌伏　夜行』
レベル22
クラス：月狼《ルナ・ウルフ》
称号：『片腕の赤頭巾《ワンハンド・レッドフード》』
ＨＰ：１７０／１７０
ＭＰ：０／０
ＳＰ：７１０／７１０

STR：71
VIT：23
INT：20
RES：15
DEX：279
AGI：234＋468
▼個人技能《スキル》
料理レベル7：調理技術とその知識。今すぐにでも店を開けるレベル。
刀剣目利《めき》きレベル3：刀剣限定の鑑定能力。大まかな性能くらいは分かる。
金属アレルギー：重度。金属系防具の装備不可能。
魔力拒絶：中度。魔力に対する拒絶体質。魔力を含む武器防具の装備不可能。呪い無効。
隻腕：左腕を失くしている。攻撃力、防御力共に25％ダウン。
▼クラス技能《スキル》
軽業マスタリーレベル5：軽業系《アクロバット》アーツを習得可能。
ビーストアッパー：敵対者が強大なほど、状況が危機的なほど戦闘能力が上昇。それに
　応じ、性格も凶暴化する。

ムーンウォーカー：月の加護。肉体にかかる重力が軽減し、体重が7分の1になる。A
　GI数値200%上昇、ノックバック率500%上昇。
ウルフ・プライド：遠く離れた安全地帯からの戦いに意味などない。遠距離系武器装備
　不可能。

＝＝＝＝＝＝＝＝＝＝＝＝＝＝＝＝＝＝＝＝＝＝＝＝＝＝＝＝＝＝

＝＝＝＝＝＝＝＝＝＝＝＝＝＝＝＝＝＝＝＝＝＝＝＝＝＝＝＝＝＝

『雪代　九々』
レベル24
クラス：狙撃手《スナイパー》
称号：『鷹《たか》の目』
HP：210／210
MP：470／470
SP：130／130
STR：32
VIT：31

ＩＮＴ：１４２
ＲＥＳ：49
ＤＥＸ：２３８
ＡＧＩ：45
▼個人技能《スキル》
料理レベル５：調理技術とその知識。アマチュア以上プロ以下。
射撃レベル７：銃を扱った戦闘技術。相当の技量を誇る。
蹴術レベル５：蹴りに関する技術。上段蹴りや回し蹴りなどを、身体の軸がぶれること
　なく行使可能。
異常視力：人間離れした高い視力を持つ。遠距離武器の命中率アップ。
傷心：過去に受けたトラウマ。精神的なダメージに対する耐性の大幅低下。
▼クラス技能《スキル》
狙撃マスタリーレベル５：狙撃系《スナイプ》アーツを習得可能。
射撃補助：樹上などの不安定な場所でも、一切問題なく射撃可能。
銃声消去：発砲時の音を、任意に消すことが出来る。
＝＝＝＝＝＝＝＝＝＝＝＝＝＝＝＝＝＝＝＝

＝＝＝＝＝＝＝＝＝＝＝＝＝＝＝＝＝＝＝＝

『柳本《やなぎもと》　平助』

レベル24

クラス：暗殺者《アサシン》

称号：『美と愛に這い寄る影』

HP：230／230

MP：55／55

SP：590／590

STR：85

VIT：57

INT：74

RES：38

DEX：181

AGI：240

▼個人技能《スキル》

情報収集：様々な情報を集める手管。諜報能力に補正。
思春期男子：パーティ内に女性が居る場合、全能力アップ。
フェミニスト：敵対者が女性の場合、全能力ダウン。
めり込み体質：壁や天井によくめり込む特異体質。その時に受けるダメージは、回復率
　　４００％アップ。本気で殺意のある攻撃には無効。
楽器演奏レベル３：楽器を扱う技術。アマチュアクラスではそれなりの技量。
製薬技術レベル５：様々な薬品、毒薬に対する知識と調合技術。ひと通りのものは作れる。
▼クラス技能《スキル》
暗殺マスタリーレベル４：暗殺系アーツを習得可能。
設罠《トラップ》マスタリーレベル４：設罠系アーツを習得可能。
気配消失：自分が存在する気配を断つ。攻撃時には解除される。
＝＝＝＝＝＝＝＝＝＝＝＝＝＝＝＝＝＝＝＝＝＝＝＝＝＝

＝＝＝＝＝＝＝＝＝＝＝＝＝＝＝＝＝＝＝＝＝＝＝＝＝＝
『美作　サクラ』
レベル27

クラス：侍《サムライ》
称号：『桜花絢爛《おうかけんらん》』
HP：520／520
MP：130／130
SP：480／480
STR：210
VIT：87
INT：68
RES：40
DEX：202
AGI：1001-20
▼個人技能《スキル》
刀術レベル7：刀を扱う技術。達人の領域に達しつつある。
居合レベル8：刀を用いた居合抜きの技術。紛うこと無き達人。
格闘術レベル7：複数に及ぶ格闘技を学び、得た技術。格闘戦での能力補正。
腐敗《ふはい》思想：重度、或いは既に手遅れ。BLと掛け算が脳内のあらゆる箇所に巣食っている。

巨乳：身体に不釣合いなサイズの胸部装甲。あらゆる動きが阻害され、ＡＧＩ数値20％ダウン。
刀剣目利きレベル７：刀剣限定の鑑定能力。武器が原形を留めていなくとも、詳細な能力を把握できる。

▼クラス技能《スキル》
刀術マスタリーレベル５：刀術系アーツを習得可能。
居合マスタリーレベル６：居合系アーツを習得可能。
侍の魂：刀系の武器装備時、攻撃力20％アップ。
＝＝＝＝＝＝＝＝＝＝＝＝＝＝＝＝＝＝＝＝

全ての確認を終えた私は、問題なくカードの複製に成功していることを喜ぶと同時に、記された数字に恐怖を覚えた。

「まさか……たかがレベル20台で、このような……」

人間だろうと魔族だろうと、レベルの上限は等しく１００だ。

１００とは即ち、その者の潜在能力の全てが発揮されている状態を表す。

当然だが、そこまでの領域に辿り着ける者などまず居ない。80台の後半、或いは90台前半のレベルで最高水準と言えよう。

一方、勇者達は未だその3割程度しかレベルが上がっていない。

にも拘らず、何らかの特化型とは言えほぼ全員のステータス数値が人間の常識を超えている。

あの食わせ者……帝国第2皇女クリュス＝ラ・ヴァナが切り札と豪語するだけの力を、発展途上の現在でも、既に有しているのだ。

私は背筋が震えるのを感じた。

『人間界』の延べ21万にもなる軍勢、そしてこいつ等7人の勇者。

恐らく、いや間違いなく、今回の緒戦、こちら側に勝ち目は無い。

たとえ侵攻兵力の全てが、所詮は捨て駒に過ぎない『獣人』と『ダークエルフ』であるにしても。

たとえ此度の緒戦が、我々が本当に準備を終えるまで人間側の力を削ぐ妨害工作でしかなくとも。

たとえ初めから想定していた敗北であったとしても、士気の低下は免《まぬが》れない。

「……一刻も早く、本国へ連絡しなければ。この情報こそが、『対勇者』の策を完成させる重要なピースなのですから」

ついでに言えば、そろそろここに潜んでいるのも限界だ。

即席の暗示を重ね、もう半月以上も過ごしてしまっている。

人格や記憶を捻じ曲げるには、本来長い時間をかけてゆっくりと暗示を馴染ませなければならない。

誰かに強く違和感を持たれてしまえば、私の力は霞《かすみ》のように掻き消えてしまうのだ。

「メイドが何人か、疑い始めていることですし……どちらにせよ、潮時《しおどき》で御座います」

暗示のやたらと効き辛いクリュスやヤコウにばかり、かまけ過ぎていた所為もある。

複雑な暗示は全く効果が無かったから、ひたすらに『私はこの宮殿の執事だ』とだけ続けていた。

お陰で始終、名前を間違えられたけど。

誰だアヤサキって。誰だセバスチャンって。

大方奴等の頭の中だと、あの名前が執事とイコールで繋がっているんだろう。執事＝セバスチャン、なんて感じで。

「もう少し、催眠のやり方を工夫すべきでしょうかね……？」

――まあ、それはいい。とにかく果たすべき使命は果たした、これ以上無理に留まる理由は無い。

最後に暗示を解き、私の存在を記憶から曖昧にすれば、全ては靄《もや》の中。

「さようなら、帝都……本当に、下らない街でしたよ」

束《つか》の間の勝利などくれてやる。

捨て駒しか居ないような戦で、無意味に血を流しているといい。

最後に笑うのは。

相手を踏み躙《にじ》る、勝者となるのは。

私達――魔族なのだから。

Ψ

クリュスさえも出し抜いた間者が、去り際に起こした唯一の失態《ミス》。

暗示を解き、一瞬だけ正体が晒される瞬間。

「――アイツは……ッ!!」

誰も居ない筈と思っていたその場所に、たった1人だけ、それを見ている者の姿があった。

目を見開いた彼女は、弾かれたように駆け出す。

向かう先は無論のこと、間者の去って行った方向だった。

「テスラ様？　どうなさったのですか、息せき切られて」

その途中、彼女──テスラは、書類の束を抱えた己の副官と出くわす。

口を開く暇も惜しいと一瞬無視しかけたが、ハッとした彼女は副官の肩を勢い良く掴み、確認のため尋ねた。

「答えなさい！　この宮殿の執事長は、一体誰⁉」

「は、はぁ？」

「呆けてないで答えろ！　命令よ‼」

突然の意図不明な質問に首を傾げる副官。しかし、ただ事ではない様子のテスラに何かを感じ取ったのか、疑問を抱えたままに答えた。

「バ、バロック……バロック＝シュトライゼン、初老に差しかかった年配の方です。何か彼に火急の用件でも……？　ですがバロック氏は暫《しばら》く前、休暇を取って里帰りに──」

「ッッ‼」

バロック。

その名を聞き、テスラの脳裏にかかっていた靄のようなものが、一気に吹き飛んだ。

──そう。そうだ、そうだった。

帝都宮殿に仕えている使用人、メイド、執事達を統括する執事長。それを今任されているのは、カイゼル髭《ひげ》を生やした初老の男性である。

菓子作りが抜群《ばつぐん》に上手く、テスラも幾度となく彼の菓子に舌鼓《したつづみ》を打ったものだ。

そんな人を何故、今の今まで忘れていたのか。

そして今、宮殿に居ないバロックがここの執事長であると言うのならば、先程何らかの魔法を発動させて突如消えたあの女は、ホイットニー＝カーミラは——果たして誰であったのか。

「……ち、ぃぃ……ッ‼」

複雑怪奇な術式にて編まれた魔法を自在に扱うため、常人よりも遥かに発達した魔法使い《マジシャン》テスラの頭脳が弾き出した、考え得る限りで最悪の仮定。

……魔族に、宮殿内部へと入り込まれていた。そしてたった今、宮殿から逃げられた。

「もし、そうだとしたら……こんなことしてる場合じゃない……ッ‼」

ぎしりと歯を軋ませ、スカートを翻すテスラ。

そのまま急ぎ立ち去ろうとする彼女を、副官が目を瞬かせながら呼び止めた。

「テスラ様⁉　どちらへ行かれるのですか、皇女殿下から宮殿警護の任を受けている筈では⁉」

「アタシの分はアンタが代わりにやっておきなさい！　とにかく説明してる時間も惜しい

の、帰ってきたら全部話すわよ‼」

「ちょ、テスラ様――」

再三の呼びかけにも聞く耳を持たず、テスラは止まらなかった。

残された副官は暫しの間、小さくなって行く彼女の背を見て呆然としていた。

やがて諦めたかのように溜息を吐き、よくあることだとばかりにかぶりを振り、重い書類を抱え直し『魔術殿』へと向け、踵を返すのであった。

――或いはここで、テスラがホイットニーを追わなければ、あのようなことにはならず、済んだのやも知れなかった。

Ψ

風が各々の頬を叩く。

青々と広がる空の中、そんな景色に溶け込むような美しい蒼い鱗《うろこ》を持つ巨大な竜。

その竜の背に乗り、夜行達勇者とクリュスを含めた８人は……天を翔《か》けていた。

「――まさか、ドラゴンに乗って空を飛ぶ日が来るとはな。おお、高い高い」

バサバサとマントをはためかせながら、雅近が下を覗き込み呟いた。

他の面子も似たような感想を抱いているのか、彼と同様に下を見たり、竜の鱗を撫でたりしている。

「界境近辺は魔力の流れが不安定で、転送魔法陣を設置できませんから。一番速い移動手段が、この子なんです」

「がはははは！　我こそはドラゴンマスター千影なり！　いざ行かん戦場へ！」

一同の先頭、首の付け根辺りに仁王立ちし、さも自分が竜を操ってる感を出す千影。

実際に命令を出しているのは、言うまでもなくクリュスだが。

もっと細かく言うのなら、竜の本来の主人が彼女の命令を聞くよう指示しているのだが。

「……でも竜って、基本的に魔族でも操れない種族だって聞いた気がするんだけど。どうやって飼い慣らしたの？」

「むむ、それを聞くんですか。それを聞いちゃうんですね」

背鰭《せびれ》に寄りかかり、若干不安げな様子で銃の手入れをしていた九々が尋ねると、クリュスはややもったいぶった後、両手をひらひらさせながら言った。

「――実は、わたしもよく知りません」

「何なのアンタ。ホント何なのアンタ」

「2年か3年ぐらい前に、珍しく体調の良かったリスタルお姉さまが散歩に出かけて、拾って帰ってきたんです。で、飼いたいって言うものですから」

「犬猫扱い!? ホントに何があったのよ!」

「さあ?」

割かしどーでも良さそうに首を傾げるクリュス。

それでいいのか妹。それでいいのか皇族。

ともかく、第1皇女の躾《しつけ》が行き届いているから、一応人間に襲いかかることは無いらしい。

言いたいことは他にも色々あったが、言っても無駄なのは今までの経験から学んでいるので、九々は溜息を吐きながらも大人しく銃の手入れに戻った。

「それより皆さん、新装備の具合はどうですか? どれも我が国の技術力と財力を惜しみなく注ぎ込んだ、自慢の逸品《いっぴん》ですよ」

「着心地も肌触りも申し分ない。いい仕事してるぞ」

竜の背に乗っていることがどうにも落ち着かない九々とは対極、横になって頬杖《ほおづえ》をつき、完全にだらけモードへと入っている雅近の言である。

そんな態度を呆れた目で見ながら、更に九々が返す。

「……男連中は特に外見変わってないじゃない」

「材質やつくりなどは全然違うぞ、委員長。それに全く同じでもない、よく見ろ。オレの場合、マントの襟《えり》にファーが付いた」

「だからどうしたって言うのよ‼」

強いて言うなら、ややゴージャス感が出たぐらいだった。

「大体だな、男の服装など細かく言及したところで、一体誰が得をするんだ？　世の大多数が関心を持っているのは、言うまでもなく君達女性陣だってのに」

「何の話をしてるのよホントに⁉」

……まあ、雅近の迷言は置いておくとして。確かに細部や材質以外は、男性陣の衣装にコレと言った変化は見られない。

夜行に至っては結局そのままだった。戻って来て２日では、やはり時間が足りなかったのだろう。

それに――。

「ヤコウ様の着てるお洋服、下手すれば帝都の一流職人の作品より上質なんですよね。どこで手に入れたんですか、それ？」

軽量体ゆえ、風で飛ばされないよう姿勢を低くしていた夜行は、コートの襟を軽く引っ張り淡々とした口調で答える。

「エルフにもらった」

「あははは、またまたご冗談を」

冗談でもなんでもないのだけれど、ギャグと受け取ったのか愉快そうに笑うクリュス。

が、それも無理はなかった。エルフは今や、生き残りがどこに居るのかさえも分からない稀少種族。会おうと思って、そうそう出会える存在ではない。

たとえ出会えたとしても、人間を下等な生物として嫌悪する彼等と友誼《ゆうぎ》を深めるのは、まさに至難を極める行いだ。

行方が分からなかった10日間でそれを成すなど、どう考えても不可能であった。

「鬼島君は、さっきの冗談で着た服の方が、寧ろ気に入ってたみたいですけどねぇ……」

「いやいやいやいや、アレ着て歩きたいなら、完全に出演する作品間違ってるっしょ。世紀末の雰囲気を出しまくってたからね、鬼島っち」

「言ってた台詞は悉《ことごと》くやられ役だったがな……」

「チビが、捻り潰してやる」とか、「兄より優れた弟など存在しないわ！」など。

夜行や雅近の記憶が正しければ、千影は1人っ子だった筈である。

「ま、そもそも既製品と言えど最適な武器防具が与えられていたんだ。オーダーメイドしようと、そこから劇的に変わるなどまず無いだろうよ」

「………………」

「何だ委員長。やたら物申したげな顔をして」

「当ったり前でしょうがぁッ‼」

　雅近へと銃口を突きつけ、牙剥く勢いで立ち上がり吼える九々。

　──以前のライダースーツみたいな服装とは打って変わり、露出過多《ろしゅつかた》となった格好だった。

「何コレ⁉　着替えて出発して結構経ってから言うのもなんだけど、何コレ⁉　どうして肌面積が全体の８割を超えてるのよ‼」

「いや、俺っちはすげえイイと思うよ、委員長。なんかエロいし、かなりエロいし……超エロいし！」

「煩悩《ぼんのう》を隠す努力ぐらいしろこの全開ドスケベ男がぁぁぁッ！！！」

　犯罪者の顔でニヤけていた平助が、怒りのハイキックを喰らう。

　そのまま吹っ飛ばされて竜の背から落ちるかと思われたが、尻尾の先にしがみ付いて何とか命を拾うのだった。

「もうイヤ！　何このやたら短いチューブトップとショートパンツ！　殆ど下着じゃない

コレ、ロックバンドの女性ボーカルだってまだ慎《つつし》みある格好するわよ‼」

「ふぁぁ……平気平気、貧乳《ひんにゅう》のマイナス分でしっかり釣り合いは取れてるぞ」

「ぶっ殺すわよこのデリカシーゼロォォォッ！！！」

寝転がった状態で顔にローキックを受け、平助同様に吹っ飛ばされる雅近。

こちらもノーロープでバンジージャンプをさせられるところだったが、必死に生還を果たそうとする平助のズボン裾を掴み、首の皮1枚で生き長らえる。

「ちょぉぉぉ⁉　だ、伊達っち足を掴むのヤメテ‼　落ちる、落ちちゃう‼」

「死んでも離すな柳本ぉぉぉッ‼　忘れるな、生きようとする意志は何よりも強いことをッ‼」

もみくちゃになっている2人の姿に、何を想像しているのか顔を赤くしているサクラ。

躑躅も愉しげにクスクスと笑うばかりで、双方助けるつもりは無いらしかった。

自分の着ている服を見て、割とガチ泣きで九々はその場に崩れ落ちる。

人並みの羞恥心《しゅうちしん》を持つ彼女からしてみれば、このような痴女《ちじょ》染みた格好は許容範囲外だったらしい。

「だったら、どうして着たのさ委員長？」

「だ、だって……渡される時、職人さんの指に巻かれた絆創膏《ばんそうこう》の数々を見たら……着ないワケには」

「……計画通り。クク様の場合、情に訴えかければ着て頂けると思ったので」

「姫さん⁉　アンタの差し金か……」

一流職人が、服1着作るだけで指先を絆創膏だらけにする筈など無かろうに。

意外と九々もバカなんじゃないかと、そんなことを思う夜行であった。

「そう気を落とさないで下さい、クク様。狙撃兵とは本来、不自然なほど軽装なのです」

「それ一部のゲームの話だから！　実際はかなりの重装備だから！」

「更にその衣装は、防御力が低いように見えて魔力障壁が全身を包み込んでいますので。実は下手な鎧より硬いのです」

「なら私の羞恥心もガードしてぇぇぇぇぇッ！！！」

泣き叫ぶ九々の肩へ夜行が試しに触れてみたら、強い静電気を受けた時のようにバチッと弾かれた。

弾かれたのは自分の体質の所為だけれど、確かに防御力は高そうだと1人頷く。

九々はしばらく嗚咽《おえつ》を漏らしていたが、やがて諦めたのか目を擦りながら体育座りになった。

「ぐすっ……いいわよもう、後で上に前の服着るから……」

「元々そのために作ったんですけどね。わざわざ下着同然の姿で出歩くなんて、プークスクス」

「…………ッ‼」

――数秒後。

クリュスの頭には、特大のたんこぶが浮かび上がっていた。

「悪ふざけも大概にしないと怪我するって、ちゃんと覚えた？　バカプリンセス！」

じじじ、とライダースーツのファスナーを上げながら、正座するクリュスを据わった目で睨み下ろし、吐き捨てるように言う九々。

涙目で頭を押さえるクリュスは、怯えたように肩を震わせコクコク頷いた。

「はー、死ぬかと思った……あー⁉　委員長なんで服着ちゃったの⁉　エロスが、俺っちの桃源郷《とうげんきょう》が‼」

「そう言ってやるな柳本。自分に自信の無い女は得てして肌を晒すことを嫌うと、前読んだ本に書いてあった」

死の淵《ふち》より生還を果たした平助と雅近の、それぞれ発した第一声だった。

生命の危機を通してさえ何も学ばなかったバカコンビは、修羅《しゅら》の連続蹴りを受け、再び死地へと舞い戻ることとなる。

「死ぬぅぅぅッ‼　今度こそ落ちる、ヤバイヤバイマジでヤバイィィィッ！！！」

「堪えるんだ柳本ぉぉぉッ‼　燃やせ、燃やせ、お前の中の小宇宙と書いてコスモと読む何かを燃やせぇぇぇぇッ！！！」

もんどりうって絡み合い尻尾に掴まる２人を見て、邪《よこしま》なことでも妄想《もうそう》しているのだろう、頬を赤らめるサクラ。

必死な形相《ぎょうそう》を浮かべる彼等の何が面白いのか、躑躅はクスクスと愉快げに笑う。

やはり、どちらも助ける気は毛頭ないらしい。

「がっはははははは！　我が覇道《はどう》を妨げる者、全て等しく豆粒《まめつぶ》の如《ごと》きよ！　なんと小さい、なんと矮小《わいしょう》！」

相変わらず仁王立ち中の千影は、ドラゴンマスターを通り越して覇王っぽくなっていた。

「ったく、どいつもこいつも……でもコレで結局、殆ど皆代わり映えがしなくなったわね」

そう呟きながら九々が向けた視線の先には、機嫌良く鼻歌を響かせている躑躅の姿。

彼女の着る躑躅色のドレスには、確かに目立った変化は見られない。

「……て言うか、鳳龍院さん何か変わった？　日傘が帽子になっただけじゃない」

イメージ的には、軽井沢あたりに住んでいそうな令嬢だろうか。

陽の下でも全身を影で覆う程につばの広い帽子を軽く指先で押さえながら、視線を感じた躑躅が首を傾げて振り返る。

「……？　あぁ、私も雪代さんと同じですよ。服じゃなくて、下着が変わっただけなので」

見ます？　なんて冗談めいた笑みをくすりと浮かべつつ、立ち上がって歩み寄る躑躅。

高い空の上をかなりの速度で飛んでいて、強く風が吹いているにも拘らず、それをまるで感じさせない仕草だ。

恐らく彼女の装備にも、九々同様魔力障壁の類が張られているのだろう。

その証拠に、薄い布地で作られたドレスの裾はこの風の中でも、僅かに揺れるのみであった。

「後は雪代さんの仰った通り、日傘の代わりに帽子を被ってみました。似合いますか？」

「似合うけど……戦場に立つことを考えたら、すっごく違和感が」

およそ血の飛び交う場に赴くべき格好ではない。

敵方だって、彼女の姿を見たらさぞ戸惑うことだろう。

「戌伏君に至っては、そもそも着替えてないし」

「おっと、バカ言っちゃいけねぇ。実はこの俺、とある重大な変化を遂げている」

「……え？」

大仰《おおぎょう》な物言いをする夜行だが……九々が見たところ、全く変化など無い。

灰色のジーンズ、首の広く開いた長袖黒シャツ、その上に着たダークレッドのロングコート。

フードですっぽりと頭を覆い、裾が風により激しくはためいている。

やがて業を煮やしたのか、軽く舌打ちした後に夜行は自分の首をトントンと指先で叩いた。

そこには――。

「見ろ。チョーカーが巻いてある」

「ヤコウ様の着ているお洋服を見た時、首元が寂しいなーと思ってたのですよ」

「分かるかぁぁぁぁ！　何そのワンポイント、間違い探しレベルでしょうが!!」

しかも夜行の体質上、特別な効果を付与した物ではないだろう。

つまり、完全にただのお洒落《しゃれ》アイテムだった。

「……男の細かい変化に気付けないようだと、彼氏が出来た時に苦労するぞ委員長」

「大きなお世話よ！　そもそも分かる方がおかしいわよ！」

「私、気付いてましたけど」

「ん……結構すぐ、目に付いたわ……」

手を上げ、淡々と述べる躑躅にサクラ。

そちらを見遣ってから、九々へと不憫《ふびん》そうな眼差しを向ける夜行。

「………」

「そんな目で私を見るな‼　謝ればいいの、ねえ⁉　私が謝れば気が済むの⁉」

「………」

「――何か言いなさいよぉぉぉッ！！！」

微妙な空気に耐えられず、頭を掻き毟って九々は叫ぶ。

どうも今日は、彼女がいじられる日らしかった。

Ψ

「どうせ……どうせ私なんて……」

影を背負い、隅っこの方で落ち込み始めた九々。

取り敢えず面倒なので、夜行達は彼女が再起動するまで放置しておくことにした。

「しかし、美作さんは他に比べて一新されたな」

「外側だけ見れば、もう侍でもなんでもないですよね」

右腰に佩《は》いた野太刀はそのままだが、他は以前の侍ルックとはまるで異なっている。

厚底の洒落た草履《ぞうり》に、肩を晒すような着こなしの着物姿。

夜行に斬られたリボンに代わるものが見付からなかったのか、ポニーテールだった長い髪はそのまま流していた。

「侍と言うより、最早花魁《おいらん》か何かだな。美作さんってか、桜太夫《さくらだゆう》？」

「線香代は1本幾らでしょうねぇ……」

「1本5万出します。だからどうでしょう、今夜俺っちと一夜の夢を」

「ま、待て柳本……流石に三度目はちょっと――」

奇跡とも呼べる二度目の復活に成功した2人が試練を終えるには、未だ早かったらしい。

神速の居合い――それも途中で刃を返して峰打ちに転じた神業《かみわざ》を受け、三度空中に放り出される。

「見ろ！　案の定お約束の流れになった、オレは今回完全に被害者だ！　だからお前が努力しろ‼」

「んなこと言っとる場合ちゃうねん！　峰打ち喰らったから腕がヤバイ、全然力入らないいいいいッ！！！」

「諦めるな！　諦めたらそこで試合終了だ、だからバスケがしたいと言

ええええッ！！！」

互いにしがみ付く彼等を見て、またも昏《くら》い瞳を揺らめかせ、蕩《とろ》けた笑みを浮かべるサクラ。

考えていることがアレで無ければ、10人中8人は見惚れるような表情《かお》だった。

「……くちっ！」

が。それから一転、不意に彼女は小さくくしゃみをした。

——7人の中で夜行と千影、そしてサクラの衣服には魔力障壁が張られていない。

その上で肩など晒け出していれば、冷えることなど自明の理である。

「サクラ様の場合、『流桜』の魔力と反発してしまいますので。強化繊維《せんい》を編み込んだだけのただの服です」

「ひらひら花びら舞うだけだろあの刀……しかも、自分はそんなモコモコの格好してるんだな」

夜行の言う通り、ちゃっかり防寒対策が行き届いているクリュス。

ちなみに夜行は、見た目より防寒能力が遥かに高いコートを着ているし、千影に至っては筋肉の鎧で寒さなどとは無縁の身。

つまりサクラだけが、1人寒い思いをしていた。

「……姫さん」

「これしか無いのです」

機先《きせん》を制されてしまった。

しかし、確かにクリュスの着ている防寒着をサクラに渡しても、寒がる者が変わるだけ。

そしてサクラもクリュスも今居る面子の中では特に小柄で、震えさせていては心が痛む。

夜行はひとつ溜息を吐くと、器用に片手でコートを脱ぎ、サクラの肩にかけてやる。

「……戌伏？」

「ったく、せめてストールか何かぐらい持たしとけよ姫さん！　空の上は寒いんだから！」

「次は気を付けます……」

一切コートに言及せずクリュスと話し始めていた夜行。

激しい風に、空っぽの左袖が揺れるその背中に向け、サクラは口を開こうとするが――。

「借りておけばいいと思いますよ？」

「鳳龍院……でも」

「――この場合、男の顔を立ててやるべきだぞ美作」

「ハァッ……ハァッ……今度、ばかりは……ハァッ……死ぬかと、思っ――ゲホッ、ゲホッゲホ！」

三度目で慣れたのかどうか知らないが、かなり早く生還してきた雅近がいつの間にか後ろに立っていた。

その更に後ろに居る平助は、今にも死にそうな弱り具合だったが。

「なに、夜行なら大丈夫だ。昔から言うだろう、バカは風邪など引かんと」

「もっと正確に言うと、バカは風邪を引いても気付かない、ですね」

雅近といい躑躅といい、仲良しグループの発言が酷い。

「その証拠にあいつは、オレの知る限り一度たりとも病気になったことが無い」

「去年鬼島君と冬のプールで２時間寒中水泳しても、翌日元気に登校してましたね」

「見てただけのオレの方が、風邪で３日間学校を休んだ」

どんな流れでそうすることになったのだろうか。

「…………」

２人の顔と、クリュスの頭を乱暴に撫で回している夜行の姿を交互に見て、サクラはやれやれとばかりに小さくかぶりを振る。

「……分かったわ……素直に、借りておく」

「それでいい。ま、どうせ返しても受け取らんだろうがな」

ごろっと再び横になり、億劫そうに欠伸をかます雅近。

躑躅もまたさっきまでのように端の方へと腰掛け、鼻歌混じりに景色を眺め始めた。

「ヤコウ様、わたしお腹空きました！　何か下さい」

「俺がいつでも食べ物携帯してるみたいな言い草止めてくんない⁉　今はガムぐらいしか持ってねーよ！」

「……持ってるじゃない」

　夜行とクリュスの遣り取りに、サクラはくすっと笑い、自分の格好とはどう考えてもミスマッチな血の色をしたコートを掴んだ。

　それに残っている温《ぬく》もりを感じながら、倒れた振りをして下着を覗こうとしていた不届《ふとど》き者を、思いっきり蹴り飛ばすのであった。

「取り敢えず――４回目、逝《い》って来なさい」

「ちょ、字が違ッあべし⁉」

Ψ

「オッス、オラ千影！　ワクワクすっぞ！」

テンションがノリにノってる千影は、最早どうなりたいのか分からない。

もうドラゴンマスターでも、覇王でもなんでもなかった。

「……やっぱ寒い……あ、姫さんモコモコであったかい」

「わたし、ぬいぐるみと違うんですけど」

結局寒風に耐えかねた夜行は、クリュスをカイロ代わりにして暖《だん》を取っている。

子供（実年齢は上）の体温が高いことを、身をもって知ったのだ。

「いっそ私もボケに回ればいいのよ……ふ、ふふ、ふふふ……」

体育座りで暗い影を背負い、出来もしないことを呟く九々。突っ込むことを止めてしまえば、彼女は彼女でなくなるのだから。

「まだだぁっ！　まだ終わらんよ！　あ、ちょ、ドラゴンさん⁉　尻尾振り回すのヤメテー‼」

手を離したら終わりの絶叫体験を、ずっと１人で行っている平助。

……そんな面々をひと通り見渡してから、やはり愉快そうに躑躅は呟く。

「どうして皆、オチくらい綺麗に纏められないんですかねぇ……？」

その疑問に答える声はなく、騒がしいままに一行は飛び続ける。

これから向かう先が戦場であることなど、およそ信じられない光景であった。


「……ん？」

一行の中で、最初にそれを目にしたのは千影だった。

先頭に陣取っていた彼は、視界の彼方に見えた無数の人影、『人間界』の軍勢を見下ろし、僅かに目を見開いた。

「見えましたか」

その横に立ち、静かに呟いたクリュス。

心なしか、普段よりも声音に少しだけ硬さが感じられる。

8人の眼下に広がるのは、『人間界』に存在する5つの国より集められた軍勢だった。

4分の3近くを占《し》めているのは、赤い戦装束がここからでも見て取れる『ラ・ヴァナ帝国』の兵士達。

これだけの距離があると、あの赤い蠢《うごめ》きがひとつの巨大な生物のようにさえ思える。

「他にちょいちょい見える違う色の塊《かたまり》が、他国からの増援か」

タイミング良く目覚めたらしく、雅近が目を擦りながら欠伸混じりに言った。

クリュスは頷くと、それらひとつひとつを指差していく。

緑が隣国、第2界境『エリア大森林』を擁《よう》する『森羅衆《シンラシュウ》』。

青は東の第3界境『白龍山脈』に面し、極東の島国『ワコク』との交易でその文化を取り入れ、独自の発展を遂げた国である『ホウライ』。

雑多に混ざり合い色がよく判別できないものは、７つの小国が同盟を結び、大国にも劣らない力をつけた『モード連合』。

帝国を除く４国の中では最も数の多い白が、かつては帝国と肩を並べる国力を有していたという『キャメロット王国』。

「帝国15万、森羅衆５千、ホウライ１万５千、モード連合１万。そしてキャメロット王国が３万、延べ21万が我々人間側の手勢です」

「なるほど。茨城県つくば市の人口と同じくらいか」

「何でつくば市……例えが分かりにくいわよ」

「ちー君、茨城ってどこだっけ。九州？」

「北海道の一部じゃなかったか？　北海道茨城県！」

少し前に復活した九々の力無い突っ込みに続き、勇者内ランキングぶっちぎりの２大バカがバカな発言をかます。

茨城が九州にあるなどと思うのも大概だが、何故北海道の中に県が入っているのか。夜行や千影の脳内にある日本地図を覗いてみたい。

とは言え相手にすると長いと判断し、総員スルーの方向だった。

「あっちに見えるのが、帝国最北端に築かれた界境砦になります」

「砦……寧ろ要塞とでも呼んだ方が、しっくり来る威容《いよう》ですねぇ」

ぽつりと零れた躑躅の言葉通り、21万もの軍勢が集まる先には、幾重にも外壁の巡らされた巨大な要塞が聳《そび》えていた。

その大きさは帝都の宮殿にも負けておらず、遠目からでも堅牢さが伝わってくる。

同時に、人間の魔族に対して抱く畏怖と警戒の強さが、どれほどのものかを否応無しに理解させられる。

「魔族の侵攻を阻《はば》むための要所ですから。7年前の大戦で半壊した際、サイズも強度もリニューアルしてあります」

「こんな場所にあれだけのモノを……随分金もかかったんだろうな」

「財力こそパワー！　お金でどうにかなることなら、バシバシ使うべきなのです！」

金は使ってこそ価値ある物。

ばら撒くほどに経済は回り、国は豊かになり、結局は使った分以上に戻って来る。

国庫で寝かせているだけでは、何の役にも立たないのだ。

「砦建築の際には、まあ確かにちょっと散財しましたが。労働者が増え、寝食に悩む人は減ったので問題ないです」

「金を持ってる国だからこそ出来る方法だな……で、その御自慢の砦の更に先に見えるのが――」

「はい。『人間界』と『魔界』を繋ぐ3つの玄関口の内、過去に起きた魔族軍侵攻の9割以上で選ばれたルートです」

　大軍が抜けることなどまず不可能な『エリア大森林』。

　魔族でさえ恐れる最強の魔物、『龍』が縄張りとする『白龍山脈』。

　それら2つの界境と比較すれば、待ち受けているのは人間が守る砦のみ。即ち『最も安全で与《くみ》し易い』という理由から、侵攻ルートとして使われ続けていた場所である。

　そこには、千人が横並びになっても端から端まで届くことの無い、巨大にして長大な橋があった。

「……これだけ上空から見下ろしているのに……終わりが、見えないわ」

「第1界境『巨橋《きょきょう》ゴリアテ』。誰がどのような手段と目的で架《か》けたのかも分からない、一説では神話の時代より存在する傍迷惑《はためいわく》な橋なのです」

「恐ろしく硬い上、壊しても自己修復される未知の素材で作られた橋、か……ラノベ愛読家からすればファンタジックは大好物だが、勇者の視点で言わせてもらえば確かに迷惑だな」

　ラ・ヴァナ帝国の財力を惜しみなくつぎ込んだ要塞さえ霞んで見える、凄まじいスケールの建造物だった。

神代《かみよ》の昔から存在するなんて戯言《ざれごと》も、こうして実物を目にすればあながち冗談とは思えない。少なくとも……人間の手で成せる次元を軽く飛び越えている。

「見ての通り、今回の戦場はあの橋上となります。見晴らしがいい上にまっ平らです、クク様のお胸みたいに」

「――‼――――――！！！」

唐突にさりげなく、且つストレートにディスられた九々が、声にならない声を上げクリュスに襲い掛かろうとした。

「後にしろ、委員長。話が進まん」

……ともあれ、だだっ広く何も無い橋は、どれだけ暴れてもまず壊れない。たとえ壊れたとしてもすぐに直るため、足場の心配は一切必要なかった。

「橋上では正面からぶつかる他に手はありません。逆を言えば、魔族側も策を弄《ろう》することが出来ません」

「純粋に強い方が勝つ戦場《いくさば》か、分かり易くて実にいい。オレ達に打って付けだ」

魔族は強く、故に人間から怖れられている。

その魔族を正面から叩き伏せれば、勇者の名は一気に世界を駆け巡る。

──クリュスがドラゴンに命令し、砦へ向けて高度を下げさせ始めた。

７人はぐるりと円陣を囲み、各々がそれぞれの顔を見回す。

「夜行、鬼島、そして君達。これがオレ達の初陣にして、重要な第１歩だ」

マントの中から豪奢《ごうしゃ》な装丁の施された魔本《ブック》を取り出し、ぱらぱらとページを捲る雅近。

「勝てば英雄……負けたらなんでしょう、ピエロか何かですか？」

満月と狼が描かれた扇子《せんす》を開き、それで口元を隠すようにしてくすりと笑う躑躅。

「……負けた時の想定なんて、意味無いわ……私達の方が、強いもの」

借り物のコート襟を左手で掴み、空いた右手で刀の鯉口を切るサクラ。

「がっはははは！　俺様の繰り出す数々の必殺技で、魔族なんぞひと捻《ひね》りよ！」

拳と拳を打ち付け、さながら金属をすり合わせたような硬い音を響かせる千影。

「戦いを経て、一躍大人気になる俺っち……『キャー、スーパースター平助様よー！』『ハハ、呼んだかい子猫ちゃん？』みたいな！　みたいな‼」

服の袖や裾に仕込んだ無数の暗器を確かめながら、だらしなくニヤける平助。

「だから、どうしてそんなに楽観的なのよ、アンタ達……」

長大な魔銃《ライフル》でトントンと肩を叩き、やや呆れた声音と共に溜息を吐く九々。

「ひひっ……！　いいねェ、戦場の空気が漂ってきた……この阿婆擦《あばず》れも、もうすぐ魔族の血が吸えるって悦《よろこ》んでるよォ……」

既にその瞳へ、僅かながら獣の彩《イロ》を宿していた夜行は、鞘から引き抜いた『娼啜』に舌を這わせ、口角を吊り上げる。

——勇者の力と共に、相応の胆力を与えられているのか。それとも元々気丈な性分なのか。

どちらであるかなど誰にも分からないが、少なくともこれから始まる戦の空気に呑まれている者は、見る限り1人も居ない。

そんな彼等を見て、クリュスは満足そうに頷く。

そして8人で結ぶ輪の中心へと、1歩進み出た。

「わたしの喚《よ》びかけに応えてくれたのが、ここに居る皆様であったこと。とても嬉しく思います」

諸国に、魔族達に、胸を張って宣言できる。

この人達こそが、我が帝国の誇る最高の勇者なのだと。

「砦へ降りたら、まずは此度の軍を率いるそれぞれの国の代表と顔合わせを」

「がははは！　ついに俺様達のお披露目か、やっと肩身の狭い思いをしないで済むぞ！」

「肩身……せま、い……？」

豪快な笑い声を響かせる千影に、奥歯へ物が挟まったような顔を向ける九々。

他の面子も声にこそ出さなかったが、何やら物言いたげな表情《かお》を浮かべていた。

「今まで不自由をさせ、大変申し訳ありませんでした。つきましてはその前に、ひとつだけ決めておかねばならないことが」

「……何か、ありましたっけ？」

ぱたぱたと扇子を扇《あお》ぎながら、躑躅が首を傾げる。

雅近も同様に顎へ指を当て考え込むも、やはり心当たりはないらしい。

そんな彼等に、クリュスがどこか悪戯めいた笑みを浮かべた。

「ふふっ……皆様はこれから帝国の勇者として、７人でひとつの部隊として戦場へ立たれます。その誉《ほま》れある部隊が、名無しでは格好もつかないのではありませんか？」

「おお！　部隊名か！」

確かにロマンある名前が必要だ！　と同調する千影。

彼の言い分はともかく、評判や活躍が広まるにあたって、名前の存在が重要になってくることは確かな事実だろう。

何故なら名前があるのと無いのとでは、情報の伝わり易さが全く異なるのだから。

「歴史に大きく刻まれることになる名です。皆様の中で、何かこれぞと言うものはありますか？」

「——発言、いいか？」

迷うことなくすっと手を挙げたのは、雅近だった。

自信ありげに口の端を上げる彼へ、クリュスがどうぞと返す。

「実は前々から考えていた。その名も、『M.Y & the others』！」

訳すと、『雅近&夜行とその他』だった。

色々酷い。主にセンスが。あと、約2名以外の扱いが。

「却下です」

相当自信があったらしく、まさかのひと言で斬り捨てられた雅近はその場に崩れ落ちる。

ギターとボーカルの自己主張がやたら激しそうな、売れないロックバンドっぽい名前だった。

「何故分からんのだ……全員が目立っては逆にキャラが相殺《そうさい》される……2人ぐらいにスポットを絞るべきだと、何故……！」

「はいはいはいはいはい！　次、次俺っち！」

勢い良く挙手し、飛び跳ねてアピールする平助。

彼の場合、聞かなくとも何を言うかは大体見当がついていたけど、一応聞いてみることにするクリュス。

「……どうぞ、ヘースケ様」

「『平助ハーレム（オマケ付き）』！　これで決まりっしょ！」

「他に誰かありませんかー？」

案の定な発言に、却下とすら言われなかった。

平助もまた崩れ落ちる中、残った面々が次々と案を挙げていく。

――が、しかし。

「『躑躅と愉快な仲間達』で」

「確かに愉快ですけど、それじゃ困るんです。次」

空気を読んで出すだけ適当に案を出しとけ、みたいな躑躅。

「……『腐敗観察会』？」

「何で腐ってるんですか。そして何を観察するんですか。次」

部隊名として採用したら、とんでもないことになりそうなサクラの案。

「『最強戦隊ユウシャジャー』！」

「ふざけてるんですか？　次」

直球過ぎて逆に斬新《ざんしん》な気がしなくもないけれど、やっぱり却下される千影。

「『血塗れの獣道』……ちょっとカッコいい部隊名だろ？」

微妙にイラっと来る決め顔で、厨二《ちゅうに》くさいことをのたまう夜行。

「何か腹立つんで駄目です。しかも聞こえも悪いです」

「え⁉　わ、私も言わないとダメなのこれ……えっと……『滅魔《めつま》の剣』？」

若干照れた風に、微妙なネーミングセンスを発揮させる九々。

「他に比べればまだマシですが……所詮は、クク様も同類でしたか……ある意味ヤコウ様と同レベルです」

「それどういう意味⁉　とんでもなく心外なんだけど‼」

「いや、なんか引き合いに出された俺の方が心外なんですが……」

揃いも揃って、ホントに……ああ、ホントに。

「……もういいです。わたしが決めます」

その後も幾つか部隊名の候補は挙げられたが、どれもこれも使い物にならない体《てい》たらく。

それに、だいぶ地上も近い。そろそろ時間切れであった。

「どうして駄目なんだ……『鉄檻の猛獣達』」

「それが通ると思っている時点で駄目なのです、ヤコウ様」

盗賊団や剣闘士のリングネームとしてだったら、まあ許容出来なくもないけれど。

言うまでもなく7人は勇者。当然彼等の属する部隊名となれば、それなりに聞こえの良い物でなくてはならない。

「――あなた方は、異界からの救世主。魔族の脅威より『人間界』を救う、暗い闇夜を照らす7人の明星達《あかほし》」

そして……クリュス自身の願いを込めて。

「帝国決戦部隊『セブンスターズ』」

Ψ

人々を呑み込まんとする常闇《とこやみ》の空。

そこに浮かぶは、光を放ちし7つの星。

異界にて磨かれたその光は、果たして暗き影を払う輝きへと至れるのか。

或いは人々と共に闇の中へ呑み込まれ、骨も肉も喰い散らされるのか。
どちらへ転ぶか、それは全てこれから次第。
夜行達に、この世界に、如何《いか》なる結末が待ち受けているのか、今は誰にも分からない。
運命の賽《さい》は――未だ最初のひとつが、投げられたばかりでしかないのだから。

▼番外編　小さな宣教師▲

――いつもと何も変わらない筈だった、日常の只中《ただなか》。

異世界の大国、ラ・ヴァナ帝国により勇者として召喚され、莫大な報酬と引き換えにその役目を引き受けた7人の高校生がいた。

そんな中の1人である戌伏夜行。

彼は疲れていた。

自身が持つ技能《スキル》『魔力拒絶』の所為で、遠く離れた場所へ一瞬で移動の出来る魔具《マグ》、転送魔法陣に弾かれ、飛ばされてしまった。

そして辿り着いたのは、夜行がこの世で最も忌《い》み嫌う存在、虫が魔物となって犇《ひし》めくダンジョン『蠱毒ノ孔』だった。

生きるか死ぬかギリギリのところで、今まで不明だった夜行の力が判明し、どうにかダンジョンからの脱出には成功。

加えて幸運にも、ダンジョン近辺に隠れ里を築いていたエルフ達の厚意で一夜の宿を得て、疲労した身体を癒《い》やすことが出来た。

ボロボロだった衣服も武器も新たに、意気揚々と仲間の待つ帝都に帰還すべく出発した——が、そこからがまた最悪だった。


大陸最大の樹海である天然の迷路、『エリア大森林』。

獣の如《ごと》き身体能力をクラス所有者《ユーザー》に与える『月狼《ルナ・ウルフ》』の力で、出口まで直進すべく樹上を高速で跳び移って駆けたが、目印も何もない、どれだけ見渡そうとも果てなど見えない広大な森を直進することは、想像以上に至難であった。

そんな見通しの甘さが災いして道に迷い、遭難してしまう。

森の出口までの距離自体も決して短くはなかったけれど、クラス『月狼《ルナ・ウルフ》』の恩恵で常軌を逸した脚力を有する夜行が全力で走れば、1時間程度で抜けられる筈だった。

にも拘《かかわ》らず、朝方に出発した夜行が実際に『エリア大森林』を突破できたのは、月も真上へと昇った深夜。しかも日付が変わる頃合いだった。

本来の十数倍にも及ぶ時間を無駄に使ったため、体力的にもそうだが、それ以上に精神的な消耗《しょうもう》が大きかった。

加えて言えば、森のすぐ外には休めそうな場所が見付からず、重くなった足を止めることすら叶わずに再び歩く羽目となった。

エルフの村を発つ際に見せた威勢など、幻であったかの如《ごと》きサマとなった夜行の視界の先に、町らしきものが見えたのは、それから更に数時間後。東の空から太陽が顔を出して、暫く経ってのことだった。

そんなタイミングで辿り着いた町は、夜行にしてみればまさに楽園にも等しい。

だからこそ、疲れていても気分はこの上なく軽やかで、門番と交わした挨拶も、相手が首を傾げるくらい愛想が良かった。

開店の支度をしていた装飾品店の店主に頼み込み、道中手に入れた鹿の魔物の角《つの》を換金してもらう。

さあどこかで食事にするか、それとも宿を取るかと、心を弾ませながら考えていたところで――。

「そこのお人！　貴方には、愛と優しさを信じる心があるでちか！」

自身の腰よりもやや上。そんな低い位置から、どこか舌足らずな声をかけられる。

夜行は、彼女と出会ってしまったのであった。

Ψ

「……は？」

初めて訪れた町で、聞き覚えのない声で突然話しかけられた夜行。

予想もしていなかった出来事に目を瞬《しばた》かせつつ、一拍遅れで声のした方向へと顔を向ける。

すると、そこには年端《としは》も行かない小さな女の子が、ちょこんと立っていた。

「？？？」

相手の姿を認め、夜行の表情《かお》に浮かぶ困惑の色が益々《ますます》強まる。

当然だが、全く知らない子だった。そしてまず、女の子の服装に疑問を覚える。

柔らかな光沢を含んだ、見るからに上等そうな布で仕立てられた黒い修道服。

頭巾《ウィンプル》は被っておらず、故に露わとなった癖っ毛の白髪。

そのまま修道女《シスター》を連想させる、そんな出で立《いた》ち。

けれど素直にそう呼ぶには幼過ぎる容貌が、夜行に疑問を抱かせたのだ。

「えっと……俺に話しかけてるのかな、お嬢ちゃん？」

「いかにもでち！」

取り敢えず確認してみれば、何故か得意げに胸を張られた。

対して夜行は、今ひとつ付いて行けていない。

「……そ、そなの……んで、お嬢ちゃんは俺に何か御用でもあるのかい？」

ややたじろいだ風に苦笑しながら、屈《かが》み込んで女の子と視線の高さを合わせ、また尋ねる。

「でちでちっ」

「？」

問い掛けの言葉を聞いているのかいないのか、何やら夜行の周りをぐるぐると回り始めた女の子。

じっと夜行を見据える彼女の目が、段々と訝《いぶか》しげなものへと変わって行く。

そうして３周ほど回った辺りで、また夜行の正面に戻り立ち止まったかと思えば、勢い良く夜行を指差した。

「なんて可哀想《かわいそう》な人なのでち‼」

「……はい？」

唐突に話しかけられ、無遠慮《ぶえんりょ》な視線を向けられたかと思えば、この発言である。

もし相手が年端も行かぬ幼女でなければ、基本的には温厚な夜行も、流石に多少なり苛立ちを抱えていたことだろう。

少なくともこれが雅近だったら、女の子に向けてデコピンのひとつはかました筈。

「目の下にある微かな隈《くま》、濁《にご》りを帯びた眼差《まなざ》し、やや血の気の引いた肌、パサつき気味の髪！　まるで生ける屍《しかばね》のような有り様なのでち！」

「えええ……」

……まさかの生ける屍とは。中々にトゲのある表現を使う幼女だった。

とは言え、夜行は『蠱毒ノ孔』で2日間。その後1日休みを挟んでから、再度ほぼ丸1日動き通した身である。

土地勘の無い、且つ始まりも唐突な旅路だったことも重なり、根本的な疲労が溜まっているのも確かな事実だった。

ふと近くのガラスを見てみれば、お世辞にも元気溌溂《はつらつ》とは呼べない顔をした自分の姿が映っていた。

これでは生ける屍という表現も、あながち間違っていないかも知れない。

再度苦笑し、早いところ宿でも取って休もうと、胸中にて呟く夜行。

そんな、ガラスと向き合い力なく笑う夜行に、果たして何を思ったのか。

夜行の半分にも満たないだろう年頃の幼子は、くりくりとした胡桃《くるみ》色の双眸を見開き――ぽろぽろと、大粒の涙を零し始めた。

「可哀想でち、とっても可哀想でち‼　きっと貴方は愛と優しさの枯渇《こかつ》した、世の中の荒《すさ》んだ暗黒面のみ見て育ち、結果として心がゾンビのように腐り果ててしまったのでち‼

心の腐敗がこうして外にまで表れてしまったのでち‼」

「いきなり泣き出したかと思えば、何その言い草⁉　これはただの旅疲れだっつの、斜《なな》め上方向に深読みすんの、ヤメテくんないかなお嬢ちゃん⁉」

「でも安心するでち！　このわたち、教祖《きょうそ》たんが助け合いと博愛《はくあい》精神の素晴らしさを伝えるファウンス教団に、おにーたんの入信を許可するのでち！　わたちと一緒に世の温かさを噛み締めようでち‼」

「聞いてよ人の話をさぁ……」

見る度に小さい小さいと思っていたクリュスよりも、更にひと回り小柄な幼子が泣きながら発する、奇妙な勢いに気圧《けお》されてしまう。

夜行は、ようやく町に辿り着いて早々、変なのに捕まってしまったと、いっそこっちが泣きたい気分であった。

しかも相手の話を聞く限り、どうやらこれは宗教の勧誘らしい。

こちらの世界に来て未だ3週間少々だが、少なくとも現在に至るまで「ファウンス教団」などというものは聞いたことすらなかった。

宗教勧誘は基本的に怖いから断れと、そう教えてくれた雅近の言を思い出す。

こんな小さな子までもがそうした毒牙《どくが》の餌食《えじき》になっているのかと考えると、らしくもなく世を儚《はかな》んでしまう夜行だった。

ともあれ、よく分からないが怪しい宗教と関わり合いにはなりたくない。

早くこの場を退散して適当な宿を取り、ふかふかのベッドで眠ろうと意を決する。

床にへばり付いた、ガムにも等しいしつこさのセールスマンを相手に鍛え上げたお断りトークを発揮すべく、夜行は口を開いた。

「あのねお嬢ちゃん、悪いんだけど俺宗教には興味な――」

「さあ、そうと決まれば早速行くでち、栄《は》えある信者第7号！　今までの人生で味わった冷たさを綺麗さっぱり忘れ、何も怖れることなく教祖たんについて来るのでちー‼」

聞く耳を持ってくれなかった。

どうやらこの教祖たん、感情が先走って突き進むタイプらしく、最初に後手に回った時点で失敗だったようだ。

大きさが半分も無い小さな手で夜行の手を掴み、早く早くと駆け足を始める。

「ちょ、ちょま、待って待って！　だから俺、宗教とかは――」

「何事も大切なのは、最初の一歩を踏み出す勇気でち！　そして教祖たんは、信者たんがその一歩を踏み出せるようお手伝いするのでち！　まずは朝のお祈りに行くでちー‼」

「もう既に信者認定⁉　ホントに待とうぜお嬢ちゃん、俺の自由意思って奴も少しは尊重してくれ！」

「誰がお嬢ちゃんでちか！　愛と優しさと親しみと敬意と人情を込め、教祖たんと猫撫《ねこな》で声で呼ぶでち‼」

「色々込め過ぎ……や、だーかーらー‼」

抗議を重ねるも問答無用。押しが強引なタイプであった。

相手が幼い女の子であるため、力尽くで抵抗することも出来ず、困り顔になりながらも、夜行は教祖たんに引っ張られて行く。

「ところで信者たん、ばかに軽いでちね。やっぱり世の軋轢《あつれき》に晒され、苦労してるのでち……うっうっ」

「いや、ただの技能効果《スキルエフェクト》なんだけど……」

Ψ

こうして、夜行が自称教祖の幼子に振り回される１日が始まった。

「さあ、ここで1時間感謝の祈りを捧げるでち！　昨日起きた出来事をひとつひとつ思い返し、些細《ささい》なことでもいいから幸せを見付け、その幸せを与えてくれた昨日という日に感謝し、新たな1日を始めるのでち！」

「………ここ、往来《おうらい》のど真ん中なんだけど」

町の中心部を走る大通り。

既に人や馬車が行き交う時間帯となったその場を指し示し、何とも傍迷惑《はためいわく》そうな提案を自信満々に宣言する教祖たん。

ハッキリ言ってそんなことを実行しようものなら、考えるまでもなく邪魔でしかない。

「なあお嬢ちゃんよぉ……」

「イエローカード！　教祖たんと呼ぶように言った筈でち‼　もし次間違えたら、衆人環《しゅうじんかん》視《し》の中で幼女とねちねちディープキスの刑でち‼」

「何その社会的な死が待ち受けてる最悪の罰ゲーム⁉　確実に捕まるじゃん、勘弁して下さいお願いします教祖たん‼」

分かればよろしいでち、と腕組みして頷く教祖たん。

逆らえばどのような目に遭うのかハッキリと痛感した夜行は、取り敢えずこの場は従順な姿勢を見せることにした。

「では、お祈りを始めるのでち」

「……あのぉ、教祖たん？　やるならやるで構いませんが、もう少しこう……邪魔にならない隅《すみ》っことかで……」

「なんてことを言うんでちか信者たんは‼　わたち達に人目を避けなければならない負《お》い目など何ひとつないのに、どうしてコソコソしなくちゃいけないのでち！　堂々とお祈りするのでち‼」

「通行の邪魔になるって言ってんだよ！　堂々とするにも場所選べや！」

正直逃げ出したかったが、いつの間にか互いの胴体がロープで繋《つな》がれていて逃げられない。

そして先の発言から鑑《かんが》みるに、もし無理矢理脱走しようとすれば、社会的な死を突きつけられかねなかった。

ロリコンやペドフィリア、性犯罪者の烙印《らくいん》を押されるくらいなら、死刑にでもなった方が幾らかマシである。

「とにかくお祈りでち！　お祈りしないと新たな1日がいつまで経っても来ないでち、つべこべ言わずに騙《だま》されたと思ってやってみるでち！　きっと止められなくなるでち」

「現在進行形で既に騙されてる気がしてならない……」

抵抗虚《むな》しく、結局往来のど真ん中でワケの分からない祈りを捧げる羽目となった夜行。

ほぼ無理矢理入信させられた、何を信仰しているのかも不明瞭な宗教に道を塞がれ、立ち往生《おうじょう》させられた馬車。

その御者《ぎょしゃ》の向けてくる抗議の視線が痛い。

自分の横で一心不乱に祈っている教祖たんを尻目に、夜行は祈りなどそっちのけで、声に出さず謝り続けていた。

——なんか、マジでごめんなさい。

「お祈りが終わったらボランティア活動でち！　公園のゴミ拾いをするのでち！」

後ろから見れば小さな身体が隠れてしまうサイズのくずかごを背負い、元気良く飛び跳ねる教祖たん。

そのアンバランスなサマに、入学したての小学生のランドセル姿を連想した夜行は、きっとおかしくない。

「小さなことからコツコツと、そんな積み重ねによって、幸せが未来へと運ばれるのでち！　愛と助け合いこそが、ご近所の平和を守るのでち！」

「言ってることは尤《もっと》もだけれども……」

自分の半分以下だろう年齢の幼女に立派なことを言われると、それがどれだけ正論でも何だか釈然《しゃくぜん》としない。

ついさっきまで、往来のど真ん中で1時間も抗議の視線と罵倒《ばとう》に晒された直後ともなれば、尚更だった。

「むむ、そう言えばそうでちね。毎日掃除をしてる筈なのに、何故でちか」

「てかゴミ落ちてねぇな、この公園……いっそ不自然なくらい綺麗なんだけど」

「どう考えてもそれが原因だろうよ……」

色取り取りの花が植えられた花壇《かだん》のある公園は、広さ自体さほどのものでもない。

毎日毎日掃除していれば、そりゃあゴミも無くなるだろう。

仕方ないのでゴミ拾いは中止し、花の水遣りに予定を変更した。

カゴを背負ったまま如雨露《じょうろ》片手に鼻歌を口ずさむ教祖たんの姿に、小学校の委員会活動を連想した夜行はおかしくない。

「なあ教祖たん、ここにゴミがないなら別の場所をやればいいんじゃね？」

「わたちの担当区域はここなのでち！　教祖たんのおうちに近い公園なのでち！　ボランティアとは、まずご近所を中心に行うのがファウンス教団の教義なのでち！」

「さいですか……」

色々言うのも面倒だったたし、機嫌を損ねて社会的に殺されるのも嫌だったので、ぞんざいに返す夜行。

わたちの担当区域、と言うことは、他にもこんな活動をしている連中がいるのかとぼんやり考えながら、そう言えば自分が信者7号だったことを思い出す。

つまり他にも6人、このワケの分からん宗教に巻き込まれた哀《あわ》れな犠牲者が居るのだ。

そんな結論に至った夜行は、何だかとても、遣《や》る瀬《せ》なくなった。

「隣人との愛を育むには、ホームパーティを開くのが一番なのでち！」

ボランティア活動にもひと区切りついた正午。

突然そんなことを言われ、教祖たんの自宅に連行——招かれる。

「信者たん一同とご近所さんを招いて、ママンの作ったご飯を食べるのでち！　一緒に美味しいものを食べれば、仲良しになれるのでち！」

「言いたいことは分かるけれども……」

「なら支度《したく》を手伝うでち！　きびきび動かないと、信者たんにお風呂でいやらしいことされたって大声で叫ぶでち！」

「1回も入ったことねぇよ‼　てめえと会ってから3時間だぞ⁉」

「あー！　教祖たんをてめー呼ばわりしたでちー！　治癒師《ヒーラー》さんごっこで全身撫で回され

たって言いふらしてやるでちー‼」

ちょいちょい性犯罪者の烙印で脅《おど》しをかけてくるあたり、最悪の幼女だった。

そんな業《ごう》を背負って生きるなど御免だった夜行は、瞬く間に教祖たんの従順な手足と化す。

だが、庭のテーブルに並べられた料理を見遣って、ひくりと、口元が引き攣《つ》った。

「あの、教祖たん……なんかよく見たら、料理の色がちょっとばかしアブないんですが……」

「そんなことないでち。ママンにお願いして、ほっぺが落ちるほど美味しいランチを用意してもらったのでち。やめられないとまらない」

「絶対になんか盛ってんだろ⁉　スープとかボコボコいってるし、肉は焼いてあるのに紫色だぞ‼」

事ここに至って、夜行は自分の命が危険に晒されていると確信した。

ひと口でもこの料理を食べれば、きっと取り返しのつかない事態へと陥ってしまう。

やはり新興宗教とは、とても恐ろしいものだったのだ。

雅近の忠告がまたも脳裏を駆け巡り、脚が半ば無意識に逃げ出そうと数歩退く。

しかしながら、互いを繋ぐロープがある。

３メートル程度離れた辺りで張り詰め、それ以上距離を開けることは出来なかった。

「そうでち信者たん、皆が集まる前に味見させてあげるでち！　特別でちよー？」

「遠慮！　遠慮します！　てか俺急用思い出した、だからもう行くわ！　お願いだからロープ外してくれ‼」

早口で叫びながらロープを解《ほど》こうとする夜行だが、やたら複雑な結び目はどうすれば緩まるのかさえ全く分からない。

コートの上から括《くく》られた所為で、裾の内側に隠れた『娼啜』を抜いて斬ることも出来ない。

そして教祖たんは料理の乗った皿を手に、ゆっくりと夜行へ迫る。

一歩寄られては一歩退き、暫しそれを繰り返す。

しかし直《じき》に背が壁に当たり、逃げられなくなった。

「ほら信者たん、あーんでち」

「ちょ、やめ——」

フォークに刺さったひと口サイズの肉を、口に無理矢理押し込まれる。

電流のような衝撃が舌先から全身に弾け回り、夜行の意識はぶつ切りになった。

——まるで、長い夢でも見ていたかのようだ。

俺が今まで過ごしてきた18年間の人生とは、一体なんであったのか。

世界は愛と優しさで満ちている。

そんなことも知らずに生きてきた俺は、今日という日を境に生まれ変わるのだ。

そう、我等が教祖たん率いし崇高《すうこう》なるファウンス教団の一員として！


「信者たん信者たん、あそこに大荷物を抱えて困っているおばあさんがいるのでち！　助けてあげるのでちー！」

「勿論《もちろん》ですとも教祖たん！」

西に困り人あらば、風よりも速く駆けつけて、荷物とおばあさんをいっぺんに抱え、目的地まで送り届ける。

「信者たん信者たん、引ったくりが出たでち！　とっ捕まえて悪事の虚しさを説き、我が教団の一員とするでちー！」

「拝命《はいめい》しました教祖たん！」

東に犯罪者と聞けば、間髪を容れずに即参上。

被害者が「誰か助けて」と言い終えるかどうかの内に犯人を捕らえ、反省と入信を促す。

「信者たん信者たん、あっちあっち！」

「はいはいはいはいはい！」

「信者たん信者たんそっちー！」

「よーろこんでー！」

前後左右上下、東西南北縦横無尽《じゅうおうむじん》。

肩に教祖たんを乗せ、あっちへこっちへ駆けずり回る。

そう、戌伏夜行は18年の人生を経て、ついに天命を見付けたのだった。

Ψ

「…………いったい何をやっとったんだ、俺は……」

日もとっぷりと暮れ、町に静寂が訪れた夜半。

門限とのことで家に帰った教祖たんと「また明日」とにこやかに挨拶を交わした夜行は、適当な宿を取ってひと眠りした。

そして目覚めた今、自分の今日1日の行いを振り返り、有り得ないほど落胆していた。

――幼女にとっ捕まってヘンテコな宗教の一員にされたばかりか、いいように使われた挙句、怪しげな料理で洗脳までされる始末。

情けなさのあまり、タイムマシンを探したくなる。

試しにベッドの下へと潜ってみるが、生憎と時間は1秒たりとも巻き戻らなかった。

「自分でもバカだバカだと思ってたけど、まさか幼女に振り回されるレベルのヤバさだったとは……どうしよう、死にてぇ……！」

枕を顔に押し付け、羞恥《しゅうち》にゴロゴロ転げ回る夜行。

数分間そんな行いを続けた後、唐突にぴたりと止まると、ハッとした表情《かお》で素早く立ち上がった。

「つーか今ロープねーじゃん！　よっしゃ逃げられる‼」

言うが早いか部屋の窓を開け放ち、夜行は飛び降りた。

……別に、そうまでする必要はないのかも知れないが。

「できれば出発は朝にしたいところだったが、万一にもまた教祖たんに遭遇するワケには行かん！　あの幼女め、幼女の分際で小賢《こざか》しく話術に長《た》けおって‼　あれは言い包《くる》められても仕方ない、うん。それにホラ、俺だって疲れてたし。あーホント、もし元気バリバリだったら絶対引っ掛からなかったってーの！」

教祖たんは類稀《たぐいまれ》なる天才幼女。疲れていたからあんな醜態《しゅうたい》を晒した。

取り敢えず夜行の脳内では、そういうこととして今回の一件は落ち着いたのである。

「そもそも、ただでさえ森で時間を無駄に浪費してんだ。もうこれ以上足踏みなんぞしてられん」

地面を蹴り、あっという間に勢いを増して夜行は駆け始める。

一応ベッドの上で休めたからか、町へ着いた時にあった疲労はほぼ癒えた。

これなら少なくとも、次の町までは保《も》つだろう。

何より、今は一秒でも早くこの町から、教祖たんから離れたかった。

「幼女の手先になりかけたなんて、とんだ黒歴史だ……誰にも言えねえ。この秘密、墓場まで持って行く！」

夜闇の中で決心の叫びを上げ、夜行は加速した。

あっという間に町の門まで駆け抜け、来た時と同様門番に挨拶をする。

その僅か数分後には、町の影が見えなくなる程進み、再び夜行は帝都を目指すのであった。

この日以降、帝都の玄関口であるビセッカの町へと辿り着くまでの数日間。

立ち寄った町や村で、必ずと言っていいほど何らかの厄介ごとに巻き込まれ、結果その都度その都度、足止めされてしまうなど——。

今の夜行は、露《つゆ》ほどにも考えていなかった。

あとがき

皆様お久し振りです、乃塚一翔です。文庫版『セブンスブレイブ2』をお手に取って頂き、誠にありがとうございます。

今回は、当作品を書き進めるにあたっての裏話などを幾つかご紹介したいと思います。

二巻で初登場となる新キャラクター、仮面の剣士クリスタこと帝国第三皇女クリスティアーネ。実は彼女、最初は完全なギャグ要員の予定でした。何せ姉の時点でアレですから、色々と残念な子なのです。展開の流れとタイミングさえ違ったら、恐らく愛すべき馬鹿として活躍出来たことでしょう。

また、夜行がクリスタの手で左腕を失くし、決定的な関係悪化に陥るという出来事も、最初の予定では無かったもの。寧ろクリスタと二人で斬り裂きジョーンズを打ち倒し、仲良くなる流れを思い描いていました。

私は小説を書いている最中、衝動的に思いついた話や設定を盛り込むことが度々あります。大筋が変わらないのであれば、どうにか上手くやりくりして強引に仕上げてしまうことも少なくありません。その所為で最終的に矛盾《むじゅん》が出ないよう全体の辻褄《つじつま》を合わせるのに後々苦労するなんてのも、やはり頻繁にあるんですけどね。

このセブンスブレイブという作品に関しても、現時点で既に初期設定とはかけ離れた部分が幾つもあります。夜行自身と『月狼《ルナ・ウルフ》』とは全くの別物でしたし、雅近とは幼馴染でもなかったのです。実のところ、細かい設定をその都度考えながら、書き進めていました。これは、キャラクターがひとりでに動き出しているからだと、私は勝手に思っています。頭の中にある世界を具体的な形にする作業は、割と大変です。辞書を引きながら細かい台詞回しや文章表現をパズルのように当て嵌めていくのですから。

……でも、大変ですが、遣り甲斐《がい》はありますし、何より面白い！

物語を書くことは、私の唯一の趣味です。これから先も、どのような形であれ、私は何かを書き続けて行くでしょう。そうしたもの達を、今回のように多くの人々に見て頂けたらと、心から思います。

それではまた、三巻でも皆さまとお会いできれば幸いです。

二〇一七年一月　乃塚一翔

大人気小説「月が導く異世界道中」が
PCブラウザゲーム化！
月が導く異世界道中
Tsuki ga michibiku isekai douchu
新たな魔人と共に紡ぐ、
もう一つの「月導」
月が導く異世界道中 PC online game
2017.SPRING
comming soon!!
©Kei Azumi ©AlphaPolis Co., Ltd. ©FUNYOURS Technology Co., Ltd. キャラクター原案：マツモトミツアキ・木野コトラ

とあるおっさんのVRMMO活動記
PCオンラインゲーム
絶賛サービス中
ワンモア・フリーライフ・オンライン
とあるおっさんのオンライン活動記
上級クラス実装で
新たな
展開へ!
キャラクター固有のスキルを自由に組み合わせ、
自分だけのコンビネーションを繰り出そう!
詳しくは http://omf-game.alphapolis.co.jp/ へアクセス!
©2000-2016 AlphaPolis Co.,Ltd. All Rights Reserved.

超人気異世界ファンタジー THE NEW GATE
スマホアプリ絶賛配信中！
THE NEW GATE
ザ・ニュー・ゲート
スタートダッシュキャンペーン
開催中!!!
ゲームを始めるだけで豪華アイテムをプレゼント！
大迫力の
本格バトルRPG
ここに開幕――！
【Android】Google Play
【iOS】App Store
でダウンロード！
公式サイトは
こちら
http://game.the-new-gate.jp/
©Shinogi Kazanami ©AlphaPolis Co., Ltd. キャラクター原案: 魔界の住民・三輪ヨシユキ

Re:Monster
ゲームアプリ解放中《リリース》!!
55万ダウンロード突破!
※2016年12月31日時点
App Store無料ランキング(ゲームカテゴリ)2位!
※2016年2月25日時点
Google Play™国内アプリ新着無料ランキング3位!
※2016年2月26日時点
「大戦」機能完全リニューアル!
20vs20の大型イベント 定期開催中!
喰えば喰うほど強くなるRPG!
Re:Monster《リ・モンスター》
～ゴブリン転生記～
書き下ろしマンガも公開中じゃよ
詳しくは
http://remonster.jp/
にアクセス!
【Android】Google Play
【iOS】App Store
で好評配信中!
携帯サイトはこちらから!
©Kogitsune Kanekiru ©AlphaPolis Co., Ltd.

アルファライト文庫

本書は、2015 年 10 月当社より単行本として
刊行されたものを文庫化したものです。

セブンスブレイブ2　チート？ NO《ノー》！ もっといいモノさ！

乃塚一翔（のづか いっしょう）

2017年 2月 24日初版発行

文庫編集－中野大樹／篠木歩／太田鉄平
編集長－塙綾子
発行者－梶本雄介
発行所－株式会社アルファポリス
〒150-6005東京都渋谷区恵比寿4-20-3恵比寿ガーデンプレイスタワー5F
TEL 03-6277-1601（営業） 03-6277-1602（編集）
URL http://www.alphapolis.co.jp/
発売元－株式会社星雲社
〒112-0005東京都文京区水道1-3-30
TEL 03-3868-3275
装丁・本文イラスト－赤井てら
文庫デザイン—ansyyqdesign
（単行本装丁・本文デザイン－Orange Box Nine）
印刷－株式会社暁印刷

価格はカバーに表示されてあります。
落丁乱丁の場合はアルファポリスまでご連絡ください。
送料は小社負担でお取り替えします。

ISBN978-4-434-22881-0 C0193